落山風

晨星文學館09

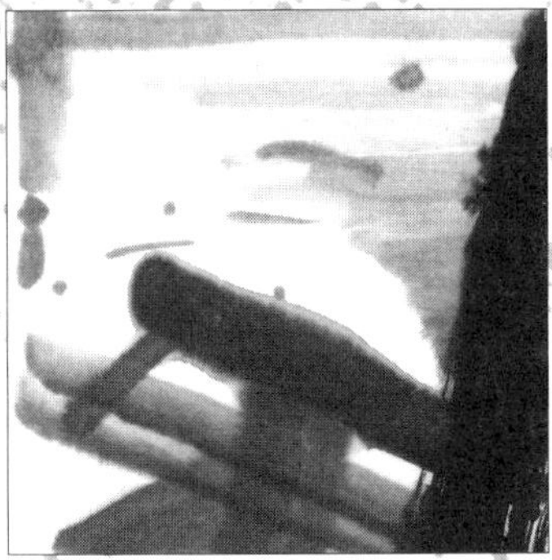

汪笨湖 著

再版序

人生無法再版

汪笨湖

《落山風》小說集的初版，至今日的重印新版，整整十三年的悠悠歲月，彷若昨夜在墾丁觀星的滄浪心情。

落山風如昔的呼嘯
墾丁如昔的海山
山寺如昔的清平
人生如昔的起落

情人早已分手，又談了N次戀愛，還是無法忘情墾丁的誓約。儘管多年來，一直避遊這塊台灣最南邊的山海淨土，但一有空還是如伯勞鳥不顧一切前來避冬避心情低落。

十三年前，《落山風》小說集，是在逃難驚惶情況下寫成的，那時只想到萬一生命猝逝時，也能留下滿腹詩質文心的人生告白。而此書的結集出版，卻帶來命運的翻騰及重生，十三年後，小說集被拍成四部電影，也得了台灣的金馬獎及中國的百花獎。

從昨日的卑微，至今日的成名；從昨日的驚惶，至今日的心適，不長不短，悠悠的、吉利的、區區的十三年歲月而已。

掌聲對我已經不重要了
名利對我不再有吸引力
愛情對我寧可固執地思想起
書可以不斷地再版
人生就是無法重來
我祈求再有個吉利的十三年後
落山風小說集如昔的呼嘯
小說家仍然快活地執筆

代序

一位小說家的誕生——

夏雨軒

汪笨湖是臺灣小說新人中的異數！

七十四年元月，我在中國時報副刊看到汪笨湖發表的第一篇小說，〈吹鼓吹，一吹到草堆〉，當下即被他那細膩的感情與高超的文字表現手法所吸引，故事敘述一名社會侏儒在毫無心理準備的情形下硬被拖進人生必經之路——結婚。這對小說主角黃登敎來說未免是一種「奢望」，但是他卻無法拂逆上天的旨意，是傻人傻福的另一例證。

黃登敎一向秉持自己的生活哲學（假使他有感覺的話）與理念，很有分寸地活著，害人之心無，防人之心更無。他日出而作日入而息，在家裡放牛，遇到有人辦喪事，他就跟著阿添師去吹鼓吹，其實這吹鼓吹才是他的職業，也是他自以爲驕傲的技能，唯有此刻，他才稍稍忘記自己短人一截的身材，才稍稍能夠肯定自己也是大人。

受到屈辱時，他會不顧一切挺身反抗，別看他那麼矮，「草枝有時也會絆倒人——」他說。那麼可愛，那麼率真！由於菩薩心腸及同情心，終於為他帶來好運，就像灰姑娘的故事一般引人入勝。

汪笨湖的創作歷程何嘗不是「灰姑娘」與「黃登教」？他第一篇小說刊出後即受到文學界的重視以及劇作家和影視界的矚目；曾有不少電影製作人及導演找他洽談版權的事，當然他有自己的原則。

接著不久，晨星出版社的陳社長經過多次書信往返之後，終於在一九八六年十月十一日假臺中東海學園，在簡上仁兄及我的見證之下，簽定汪笨湖第一部小說集《落山風》的出版合約。

《落山風》尚未發表前即由我將它改編成電影劇本，我極欲將它搬上銀幕，然其中涉及一些比較敏感問題而令製片界裹足，也因此耽擱下來，但我相信《落山風》拍成電影將是指日可待的。

故事主角林文祥是一名生長在醫生世家的青年，他的一生都是老父一手安排，從小受到過度呵護而不自覺，他自私、任性，卻毫無自己的主張，他完全活在父親為他所捏設的模式之中而毫不自覺。

及至漸長，他終於體會出生命的意義，即：「我要做自己的主人，必然不能冷冷地不做抉擇而生活。除非我放棄做爲一個人而只變成一個空洞的軀殼。」他於是對自己開始產生懷疑，懷疑再如此下去是否能擁有自己想要的東西。「清明寺」是他重整思考方式的地方，他在那兒找到自己喜歡的女孩——素碧，一名帶髮修行的準尼姑，他開始陷入那個毫無希望的陷阱之中，正如薛西佛斯神話中那個角色一般追求著他的失望。

他開始熱愛生命，對於周遭的神祇視而不見，公然在佛門禁地昇起他原始的慾望，他在佛堂大廳凝視素碧的大腿而意淫，他於柴房中擁吻素碧，他對神祇的輕蔑使他贏得難以形容的責罰，他必須去做一件毫無成就的事情。但是對他來說，這是何等神聖的一件事啊！正如他所言：「我從小到大，一切都被安排得有條不紊，唯有對妳的感情這件事是我唯一能自己決定的大事……請讓我獨力完成它！不要澆熄我生命中第一次升起的火苗！」

汪笨湖的小說充滿著對於人性的關懷以及對市井小民的一份特有的感情，讀起來似乎很容易感受得到：這就是發生在你我周圍的故事；〈吹鼓吹〉中的侏儒黃登敎，〈落山風〉中的小子林文祥，〈阿標的雨傘〉，〈黑皮倫的薪傳〉，〈酒之器〉

中的旅人等無不都是活生生的人物，他們無不以飛蛾撲火的精神與毅力在苦苦找尋失去的「我」，在努力證明「我是誰？」。透過汪笨湖的筆，表達出他那悲天憫人的情懷以及對生命的豁達與奮鬥——他小說中的人物皆是成功的，至少都曾經輝煌過，這正符合存在主義的觀點：懦夫永遠可以有機會丟棄怯懦，而英雄也會不再是英雄！

汪笨湖小說的特色是擅長對於景的描寫，例如在〈落山風〉的開頭他寫海邊的情景是這樣的：「強風吹拂山林，山上的樹枝向海的方向頂禮，海浪與強風爭勝，……樹叢，狂舞，與徑旁瓊麻糾葛著……他一個人蹲在大水缸旁用杓子舀水沖澡，由於不習慣時常把肥皂滑落，趴在浴室內找肥皂，最後，索性跳進水缸中去洗……素碧邊呵欠邊將柴火拿起，點燃一根火柴時卻不小心燙手，火種掉進水缸裡，發出「嗞」的聲音。……素碧臉色一變，伸手撈起熄滅的火柴，丟進垃圾桶中，再小心地點燃另一根。」

當我們談到這些片段時，我們會很自然便能看到那些動作在眼前進行，這些「影像化」的描寫若經過表現出來將是非常高級的動作，這些景況每一個動作都是一組鏡頭，也都是栩栩如生的生活。

基本上汪笨湖寫小說並沒有特定是爲電影或誰寫，但他的小說除了已具備影像的型態之外，更能讓人感覺到蘊含其文字之中的音樂性，說得清楚一點，就是他的小說非常具有節奏感，談他的小說就像欣賞一首悠雅的曲子；開頭是緩慢的涓滴，到了中間變成各種樂器的錚鏦，及至結束時的戛然停止，假以時日，汪笨湖會是中國小說界的一顆彗星。

夏雨軒序於一九八六年十一月廿五日臺北（第三稿）

落・山・風

目次

落山風

寺内，他倆是佛門信徒；

寺外，他倆是豪放男女。

一夜
　來臨的季節風
吹得
　大地搖晃，
激起
　心海幽邃的情慾；
當
　狂風
　悄悄岑寂了，
卻
留下
　難以磨滅的懺情。

❀

風嘯越過陵線，順著山脊，往下陡降，吹得山林向海之方頂禮。

文祥未拉緊夾克，鼓脹似發噓的河豚；他一再揮理額前亂髮，又提重行李，歇腳卻點不著香菸，氣忿狠踢滿路碎石，咒罵不願上山怯弱的計程車，才張口，就滿嘴風沙的狼狽。

路旁狂舞的樹叢，被風吹得彎腰駝背，時與崚嶒的瓊麻糾葛。文祥吃力地上路，往前三步，又得倒退一小步，非謙卑的朝山香客，如同海天灰濛的心思，則響起祖母叮嚀：「住進山寺，佛土清淨，就能用功讀書啊……」

推開斑駁寺門，豁然一片花圃，條理著用心，素雅的佛堂，似清平的鄉居，外頭犀利風濤，隔絕於這淨土殊勝外。

適逢晚課，文祥在佛堂走廊徘徊著，沒有人前來理會！廳內一群渾然梵唱的尼俗，只有臉朝外敲擊木魚的女人，似乎分心，望了陌生人一眼。文祥餓得發軟，祖母的話猶在耳際生暖：「說什麼到了山寺，會受到賓至如歸的招待，山寺的一切建設，皆是祖母慷慨捐助的。」

文祥躁急的少爺脾氣，隨時要發作，提起行裝想下山，但前晚的家庭革命陰影，又令他猶豫。一陣紛落木魚聲後，沈悶的誦唱攸然停止，接著窸窣散場的走動，師父胸有成竹走出來，款款地招喚：「阿祥，你才到哪！」

晚餐，滿桌山菜，沒有葷腥，文祥卻吃下三大碗米飯，師父在旁看得寬心，就說：

「慢慢吃啦！佛祖慈悲，當年佛寺落成，阿祥你才六歲，日後你就不曾來過，你阿媽講你太好命，嫌走山路辛苦。宰羊喔？佛祖渡有緣人，心志堅定者。讀書也相款，你來山寺，把心靜下來，好好自修，明年考上醫學院，佛祖會保佑！」

文祥吃飽也聽足，幼時記憶，師父膚白臉光亮，天眞的他，問著祖母：「當尼姑有什麼好？」祖母輕打他的頭，正色的說：「師父有佛根，發願渡衆生。」而十幾年後，在黯淡燈光下，文祥發現師父的臉，如蚯蚓爬行過的水田。

當晚，文祥學著摸黑上廁所，而長蜥蜴橫行，嚇得他二、三下就解決大事；在浴室裡，練習從大水缸杓水洗澡，但無法沖淨身上皀沫，索性就跳進缸內。山房簡陋，令他懷念家裡現代化的享受，師父只告訴三餐的作息及起居的位置，就不再招呼他了，還說招待周到？

在房裡，文祥把書及衣服置妥，才九點左右，山寺除了吶喊的風號，人跡已靜寂。樓上的禪房，只住著文祥一人，心想佛門聖地，沒有魂鬼作怪，淸澹了幽冥，就下樓。輕叩師父的房門，文祥想打電話回家報平安，師父卻回答說：「已代勞了，安心唸書吧！」

文祥深覺已被刻意隔離了世塵，失望地走回房間，在樓梯轉角口，那位敲打木魚的女人，喑啞地閃出，消失於浴室的方向，令文祥呆愣了好一會。

✿

昨天體力的透支，使文祥熟睡，晨光灼爍，少層窗簾，逼人乍醒。

來到膳房，飯菜都涼了，文祥想到家中的土司熱牛乳，胃口都沒有了；倒是昨晚的那個女人，又出現在廚房，很快煎好荷包蛋，端過來，冷冷說：「趁熱吃！」

天空澄藍，風暫且細語，而伯勞鳥聒噪，草香氾濫，皆令城市人貪婪滿懷。文祥呑下煎蛋後，迫不及待來到禪房，一進門，面壁的師父，背部長有眼睛，已出聲：

「阿祥吃飽嗯？我交代師姐每天早上煎蛋，給你補營養。阿彌陀佛，佛門不殺生的。」

「師父，我打算只住一個月，偶爾吃素，也是件好事。」

「憨囝哩！才上山，就想下山的日期，這裡不是避難所，是收心清淨之地。雖然你爸爸作法有點過分，也是爲你將來設想，厝裡大間的綜合醫院等你去繼承……」

山寺是林家宿命敬天的依歸，師父亦師亦友的角色，是最佳的諮商對象。文祥的父親，每天有看不完的病人，母親又長期居留美國，照顧「小留學生」的弟妹。醫院豐碩收入，累積稱羨的財富，卻使親情支離分散；文祥有花不完的零用錢，但窮困了天倫的歡叙，唯有老祖母的嘮叨、相依。

所以，文祥恨家裡的藥水味，冰冷地板，理智的生老病死；他憎惡那潔白外表，隱藏冷血的酷情，父親只是賺錢的機器。在這次大學聯考，文祥故意塡錯志願，考上了農學院，不甘雌伏的父親，硬替他辦理保留學籍，把他禁足在家，折騰幾個夜晚，倔強的老爸幾乎向他下跪，母親也在國際電話中大費口舌。

排山倒海的壓力，令文祥暫時妥協，接受祖母的苦勸，先到山上避靜再說。對宿命抗拒，他沒有把握，勉強應對：「師父，我試試看！」禪房只有花瓶上的黃菊，有了色彩，也只有師父的慈暉，顯出生氣。

熬過適應期，文祥漸漸按照計劃唸書了。父親來過電話，那頭嗯嗯權威，令他沈默領受，想頂撞，但師父的禪房令他內斂。倒是祖母每天中午的來電，彷若飯後一道甜美的點心，畢竟媽孫長久的連心蟄守。

山寺、師父外，還有三位比丘尼，及八、九位寄居的老婦；除了早晚課，平時靜得出奇，已成鳥雀的世界。文祥的直覺，那位女人似乎也來作客，但三餐卻由她料理；今午，沒見到她的人影，文祥就少吃半碗飯。傍晚時，文祥在房裡困惑DNA及RNA的遺傳基因，晚課傳來木魚直落，他已沒心思看書，急奔下樓，躲在樹叢，望見那位女人，如昔的位置，相同的手勢；當晚，文祥又回復正常食量。

凊夜被海上推來的雲層吞噬，風撼夾雨，氣溫猛降，文祥喜歡這種天氣，奉命讀書，彷如上戰場的悲歌。突然，那位女人悄悄推門而入，從袋子取出阿華田、糖、電壺，置在桌上，冷冷的說：「不要再跳入水缸裡洗澡。」好像未曾來過，又消失了，被溫暖了心的文祥，覺得在夢中！

文祥已習慣山寺的作息，早課是起床號，白天排滿功課，黃昏才有空閒散步。落山風於午后就增強，山寺有巖石屏障，寺內暫且苟安，所以文祥活動範圍被囿限著。偶爾情緒低潮，想著那群死黨朋友，已享受新鮮人的歡愉，他卻隱居此地，落漠、孤寂！唯有考上醫學院的目標，沒有七情六慾啊！師父大部分時間都在打坐冥思，文祥有時悶寂難挨，愀然下樓，但一望師父磐石般入定，令他自我提昇，又上樓了。

平常在花圃的天井旁，曬太陽、擺話題的老婦們，知悉文祥世冑的身分，則自卑得不敢造次。在飯桌上，文祥常主動提起話題，就令她們受寵若驚呢！雖然，文祥已習慣別人對他的諂媚，事實上，他充塞著空虛、發霉。

❀

鄉愁、淡淡自清，讀書進入軌道，文祥心情已明晰沈靜；而那位女人終日窮忙，燒出可口三餐，如能幹主婦出之一轍的細膩，文祥一有空，就眷念她那長年一襲灰白衣裙，長過膝、掩至手腕，找不出情慾的痕跡。

睡夢中，都市的女友前來相會，醒來時，被單已濕了；熬至天亮，文祥決定快速掩滅這自慰的鮑肆。起床、褪下被單，提著水桶，來到浴室；匆忙中倒多了洗衣粉，水濯、就滿桶泡沫，用力揉搓，想洗掉那惱人的味道，但B型的本性，一再神經質尚有殘味。

冷不防，背後有人調侃：「洗衣粉放多了，去讀書吧！我來洗，去啊……」文祥驚訝抬頭，卻又固執低下頭，洗著自尊，內心卻期待她的強置，但人家卻不告而別了。

文祥穿過芭樂園，初到曬衣場，這裡無形中是男人的禁地，風威、狂舞著保守、誇張、褪色的老婦們的內衣褲，另角，僅存一組青春的配件，格外搶眼！文祥把濕漉被單披在鐵線上，未沖掉的泡沫，於陽光下耀目。方才好意的她，正在那頭忙著！

驚覺被發現貼身祕密的她，迅速移身擋住男人不潔的盯致，躁急的說：

「被單沖不乾淨，蓋上會得皮膚病，回去唸書吧，我來弄，不要耍少爺脾氣！」

「我不是少爺，也沒有生氣，我能做一些該做的事。」

「不要固執了，去吧！讀書重要，以後叫我師姐就行。」

「我……師姐……」

風吹又把衣架的招搖，沿著鐵線滑行，那情慾的三角褲，再度呈現出，文祥的心悸動著。師姐突然羞紅，彷若裸露全身，被他一眼看穿，文祥知趣地揶揄的說：

「好吧！當個少爺，我走啦。」

此後，褻衣景象，似癌細胞侵蝕文祥才平靜的心思。他開始注意師姐被長衫所單調的曲線，解析那隱約隆起的胸脯，以及蹲下或彎腰時，繃緊的臀部所顯現內褲的弧度，有他想像中的宮闕。

默言的師姐，近來卻主動上樓喚著佯裝用功過度的文祥該吃飯休息，眼神不再冰冷，欲蓋彌彰的牽掛，仍矜持婦人的自衛。而冷艷的少婦，於山寺虛度芳華，只要有血性，誰都會好奇這背後的因果；但文祥只能翼翼暗地打聽，因爲師父總凌厲洞悉別人的心思。

內褲弧度，有少男的夢魘，日子有點煩亂。平常把內衣褲掛在房裡陰乾的文祥，如今則藉故移到曬衣場，想的是欲睹師姐的貼身。幾天尋覓後，文祥牢記固定的顏色及尺寸，大方審視這風中的幽蘭，逐漸褲襠堅實起來，壓抑難過一陣，才滿足回去唸書。

這詭異寄情，有天被師姐發現，文祥慚愧地溜走了；蟄伏二天，自我告誡、發誓、唸佛，最後仍寬容自己一次，又偷偷地去朝聖。意外！衣架上換條紫色的小號，似牽牛花的朝顏，纏住鐵線，絲絲入扣，訴盡紅顏。隔天，又出現一條性感的黑色網狀，這默契花語解頤般的約會，復始、持續下去……

每天，文祥盼望吃飯的時刻，並非肚子快餓，而是此時，大方望著師姐蹲下或彎腰忙於張羅菜飯、臀部所顯現內褲的弧度，令他猜想是哪條袖珍、中庸，哪種顏色的意淫。在飯桌上，文祥出奇的健談，是心虛藉著話題掩護自己不安的邪氣。

逐漸，文祥的腦海，已堆滿師姐各式各樣的三角褲，所死記的功課，開始淡忘、迷霧了。

❀

早上，在花圃，師父率領寺裡人員，忙著以木條固定花木，師姐在這群老弱殘兵，捷敏像個男主人，她挖地、拉繩、流汗、其他的人大都用嘴巴來參與。

師父見到手捧書本、在一旁發愣的文祥，就大聲喚著：

「阿祥你也來挖地吧！運動一下，對身體有益，明後天，落山風開始偏西，會貫穿寺內，所以準備防風。」

「好喔！我快要變成文弱書生。」

文祥開始鏟個洞，老婦們興高采烈跟隨於後插上木條，嘰嘰喳喳，似童年辦家酒的喜樂。文祥的汗如春雨陣陣流暢，師姐悄然遞來毛巾，沈靜神情，使文祥感受這母姐光暉般的心意。

後來，師姐爬上架在大廳石柱上的竹梯，不平的地面，令梯子晃動，文祥見狀，趕緊上前扶住，說著：

「師姐啊！我在下面固定了。」

她雙手慢慢拿下燈罩，無法顧及裙擺揚起的風光，內心知悉文祥的眼光，光明正大洞察她的青春，心急！也無奈，只好夾緊雙腿，以示端莊。

當師姐示意下梯時，文祥正經地低頭扶梯，此刻，似斷頭臺的恆久！聽到要他接住的呼喚聲，如釋重負的文祥，慢慢舉首，映在眼裡，沾土鞋根、勻稱小腿，此時師姐有點重心不穩，張開雙腿，從褲底射出一道白光，令文祥眩惑，伸出的手、又縮回了，「碰」一聲，燈罩摔破在地上。

衆人驚叫，師父急奔過來，心切問著：

「阿祥！受傷沒有？」

「沒有啊，師父。」

「阿彌陀佛，反正燈罩也該換新……」

師父以關心代替責備，事情平息了。文祥扶著梯子往倉庫走，師姐提著工具也跟上來，推開咿啞的柴門，斗室裡，他聞到女人的髮香，她嗅出男人的狐臭，文祥仍意猶那熟習的白光，情不自然拉住師姐手臂，喘氣低喊著：「我……」風把門吹上，霎時，昏暗中，文祥大膽緊抱著她，她想掙脫，卻渾身乏力，而任憑文祥的觸摸，豐碩乳房、結實的臀部……文祥於恍惚中，突然驚悟倉庫的隔鄰，是大廳佛祖的蓮座！惶恐時，推開師姐，奪門逃之夭夭。

當晚，文祥翻閱生物課本的蘋果解剖圖，那子房、胚珠，恰如女人的宮殿，邪念妄思，令他發狂焦慮，默誦師父賜給的金剛經，清心……師姐……自在……我愛……

夜半，風提早轉向，窗外樹木馬上迎敵。

❀

連續幾天，沒見到師姐，早上的荷包蛋煎得太老，文祥失去胃口。師父已發覺，關切問著：

「阿祥，最近的菜燒得不合你的口味嗎？」

文祥有股哭的衝動，忍住：

「師父呀！可能風太大，吹得胃部抽筋。」

師父從箱裡拿出一盒黑棗，且說：

「拿去吃嗯，治胃寒眞有效。風大，天快黑，到後山散步時要小心，不要靠近懸崖，落山風能吹落大隻水牛。」

文祥期待師父繼續說下去，也許會提到師姐的行踪，但師父閉上眼睛，慣常下逐客令。

這天傍晚，文祥浴後回房，發現桌上又置放奶粉、餅乾等，他不禁興奮叫出聲：「回來，她回來了……」手舞足蹈一番，一不小心，膝蓋碰到床頭，痛得令他坐在地，呻吟的臉色，仍微笑出。

未到吃晚飯的時刻，文祥已在廚房外徘徊，煙囪吐出生息，他想像師姐在裡頭炟赫的模樣。隨那菜香吹送，端菜出來，卻是最近頂替燒飯的老婦，他倆都訝異一跳！倒是老婦先開口：

「林少爺，肚子餓了啊？」

文祥只好誤打誤撞的應允：

「是啦！奧巴桑。」

老婦頗開心的說：

「前日，師父向我提起，菜煮得不合你的口味，歹勢（註：不好意思）啦！」

「不是啊，是我胃寒。請問喔，原來煮飯的師姐，最近怎麼不見？」

「喔……素碧伊啊……摔破燈罩隔日，伊向師父講，要暫時回去旗山的厝。對啦，你桌上什貨，是伊交代師姑買的，眞關心你哪！下午，我看你的門沒鎖，就私自拿入，眞失禮。」

「不要緊，師姐不來了？」

「莫宰羊！伊是憨查某，嫁臺北有錢人做牽手，三年多不生蛋，伊頭家就娶細姨，沒多久，對方就生一位侫生（註：兒子），伊頭家就變心。」

「喔……師姐準備來山寺出家嗎？」

「師父不同意，講伊俗念未清，近來師父欠安，素碧能記帳，又發落萬項代誌，是師父的大幫手！」

「咦？師父有病！爲何不住院。」

「師父講，佛祖慈悲，時間到了，就自然圓寂，藥石醫治一時而已。少爺你就好好用功，將來做醫生，賺大錢，起寺廟及養老院，積功德，好心有好報。」

文祥沮喪回到房裡，也不想吃晚餐了，望著桌上的東西，感念對師姐的慕戀。這份情感，如樹梢的果實，他墊腳尖，伸手臂，仰瘦脖子，就差了一點點；而他俯手就採著的都市女友，輕易吃上口，還挑剔酸甜度呢?!

風一天比一天增強，文祥如坐禁，閉緊門窗，苦讀自修，心志又能集中。

❁

這天清早，晨課少了師父的音琅，早餐時，師姑向大家宣布：「師父病重，要下山住院。」文祥來到禪房探望師父，卻被婉拒於門外，因師父不願意被人看到她受病魔擊敗的窘態。大門來輛重型的農村搬運車，車斗裝滿磊磊石頭，方能在狂風中穩定重心，師父用面巾包住頭，由師姑持撐，上車前，還寄語文祥：「免操心，讀自己的書。」

文祥激動地頂著強風，爬上大巖石，遠眺師父的車子，施施下山，由大而小了。師父是安定依歸，師姐是情感寄託，兩者離去，文祥面臨自我肯定。整早的心情，似嚴師請假時逍遙的課堂；午飯後，文祥不顧另位胖尼姑難看的臉色，逕自打電話給久違的都市女友。氣忿的！女友外出了，尚有男同學伴行，燃燒的妒火，令文祥想到文明社會的引誘。

文祥上樓拿錢，下來時，轉至廚房，向煮飯的老婦說：「去恆春理髮，回來吃晚飯。」不等搭腔，風溜般，跑出寺門，似逃學的野孩子，沒命地奔走。

剪短頭髮，也吃了兩碗羊肉湯，罪惡感隱噬著良知，師父一就醫，他就趁機徜徉，師父如果曉得，一定很傷心呢！文祥本來欲往墾丁一遊，也就打消念頭，決定回山寺。

在車站，文祥打了公用電話，嘟嘟半天，心越往下沈，掛斷前剎那，終於接通了。那頭女友喘氣的問：「是誰？」文祥卻敏感得氣盛；因爲往常的約會，就在女友家，因爲她的家人都在市場的自家雜貨店守著顧客，所以大唱空城計的居家是談情說愛的聖地。憑文祥是大醫院的少爺，當然受到女友的歡迎及巴結，於彼此歡愛的激情時，家人來了電話，女友憋住氣一面應答的神情，令文祥難忘及嘆服，所以他緊張直問：

「是我呀——文祥！妳旁邊有誰在？」

「沒有啊！我剛回來，在門口聽到電話聲，用跑的。」

「妳跟誰出去？」

「吃醋嗎？是阿妙的男朋友來拜託我去充當和事佬，他倆又吵架了。喂！我還沒跟你算帳，你失蹤了，也不打聲招呼，你現在……」

「恆春！」

「我想死你啊！能去看你嗎？」

「不方便，佛門聖地，我很快就下山了。乖點，不要亂跑，對了，上個月的那個來了沒有？」

「……來了，慢了四天，以後不要了，眞怕懷孕。」

「懷孕！那馬上結婚了。」

「少衝動！好好K書吧。」

「喔……再見……」

排班的計程車群，聽到要上山，都回絕了。文祥失望之餘，剛好有部閒停的重型運搬車，司機是位山地青年，文祥以激將法，對方猛灌米酒後，說：「不怕死的，上車吧！」

頂著萬鈞風速，引擎怒吼，無視惡劣天氣，山地青年卻談笑呷酒；文祥湊興喝上兩口，燒灼喉嚨、熱沖心中，此刻他覺得像個眞正男人，與大自然搏鬥，無比的豪放、激昂，不再是怯懦的阿斗。

到了山寺，山地青年揚晃重償下的車資，掉頭又呼嘯下山了。文祥淌出全身冷汗，但玩得盡興，吹出口哨，但聞到滿身酒騷，一鼓作氣奔至樓上。

書生又乖巧的用功了，胖尼姑幾天來的提心吊膽，總算鬆口氣。文祥在電話裡，要求祖母不必每天來電查勤，請專注師父的病情。

晚課後，文祥來到曬衣場懷舊，昔日，師姐以內褲許情衷，在倉庫，他錯失相融肌親，美好時光終易失。信步至倉庫，發現柴門敞開著，他探頭張望，迎面是那盈盈眸子，文祥驚呼起來，是日夜所思的師姐！欲語，晚飯的鐵板聲響起，有話再說吧！

餐桌上，師姐有忙不完的瑣事，文祥等待著機會，面對大家，又得收斂情感，不能毫無遮攔，所以與師姐只客套幾句，擋結返回樓上了。

人靜夜深，文祥再也忍不住滿腔的傾訴，他悄悄下樓，繞經佛堂，避開其他的禪房，於狂風中，來到師姐的禪房。燈亮、門半掩，文祥屏氣，輕叩門；過陣子，仍沈寂，他全身冒冷汗，大膽推門而入。

闖了空門的文祥，納悶於回程時，望見浴室亮著人跡，一股力量牽引他靠近。浴室的窗戶對準蓮池的假山，文祥呆愣片刻，水潦潑落，令他著魔似地攀上假山，毛玻璃的窗戶，呈現師姐朦朧的玉體，上下身交替摩挲、搓揉、沖水、細膩、靜止，擦拭後，彎腰穿上內褲，雙手往後扣上胸罩，一連串肢體語言，使文祥的下部黏濕縱慾。

師姐從浴室出來，在黑暗中消失，癱瘓的文祥，已虛脫坐在岩石上，許久……許久……才發覺雙手已被砧硓石割傷流血了。

心虛的文祥，白天逃避師姐的眼神，似宵小晝伏夜出；到了晚上，潛至假山以逸待勞，想著那朵盛開花蕊，情挑地剝落重重花瓣，令他自瀆及自責。但情慾如江河日下，誰能阻止呢？

每天，文祥一早想著過午，黃昏後就高興夜晚的來臨。恍惚、清瘦的他，心想霧中看花的抱憾，乾脆大膽地揭開神祕的面紗；文祥暗地佈下陷阱，將窗戶有限度的打開了。

夜黑得可佈，文祥貪婪等待獵落網。他終於如願以償銘心銷魂地看清師姐的雪白肌膚、飽滿雙乳、肥碩盎然的三角洲；他嘆息著，這樣健康母體，怎會不孕呢？而嶙峋骨感的都市女友，卻擔憂受孕！文祥有點啼笑皆非。

當師姐浴後走出來時，一隻蜥蜴爬入文祥的褲腳，令他本能驚叫，縱身跳下假山！剎時，師姐盛怒地急奔過來，在黑暗中，匆忙給文祥一巴掌。

隔天的早飯，文祥缺席了；到了中午，已忍不住內急，且餓得咕嚕，犯錯的人硬著頭皮下樓。雙眼只盯住飯菜，吃飽後，又匆匆回房，而書桌上，有張便條，寫著——「下午兩點到後山相思林見面。」

❀

林內工寮，堆滿瓊麻繩，風濤雄壯的合唱，屋裡的一男一女，汪洋中一條船的同命！

待罪的羔羊，等待一場大雷雨的怒責。師姐沈寂片刻，突然拉住文祥的手，說出：

「我還年輕、漂亮嗎？」

「嗯……是成熟……」

「你是愛上我的身體？還是我的心靈呢？」

「我不懂師姐的意思！」

「男人都好奇新鮮的女人，玩膩了，如垃圾拋棄掉。文祥！你還年輕，不懂男女間的糾纏，克制自己，好好讀書。」

「但是……我眞的愛上師姐。」

「那只是你一時孤寂的寄情，當你回到山下，很快就會忘掉。我已是三十多歲的女人，妳我相愛，注定是悲劇，所以根本不要有開始。」

「師姐，妳不瞭解我！在大家眼中，我是富家少爺，幸福地擁有一切，其實我連對未來前途的基本選擇，都沒有權利，只是家裡安排好的一盤棋。只有妳從內心關懷我，我需要妳成熟的愛，要與妳長相守，我可以發誓。」

「笨小孩，不要天眞啦！」

素碧經年來的唸佛誦經，情慾透過木魚的訴說，已塵封兒女私情。文祥侵略性的情癡，一場倉庫裡的熱擁，令長久修持的她，卻不堪少男的體溫勁道，向佛的祝心，起了動搖，所以才逃避，暫時回家。

在家中，仍惦念替文祥煎荷包蛋的責任，因失敗的婚姻，使她學會冷酷情感，但接到師父病重消息，又迫不及待返回山寺。曖昧的心態，相思情哪！

文祥覺得緘默的師姐，冷艷懾人，似極北冰雪、凍存千萬年的生機，他惴惴的說：

「師姐……我……無恥……」

素碧仍然不語，她眞的有點動情，但又想到她卻敗在一位只因會生孩子的庸俗女人，而視子如命的丈夫，銳變對她的無情，婚前信誓棄置糞土。當她無意中發現文祥在曬衣場的沈溺，窺浴的猖狂，卻令她亢奮、挹注！至少證明她的魅力有增無減。

「師姐……還在生氣嗎？我不會像妳的先生，無情地遺棄妳，財富我不足爲惜，我要的，是用心的關愛……」

素碧終於把文祥擁入懷裡，雖然比她高出個頭，而慾海深廣，理智只掙扎一下，就滅頂。在痲繩堆，素碧閉上眼睛，微微發抖；文祥跪在旁邊，虔誠地解開聖體的衣服，哽咽、頂禮，吮舔那柔滑肌膚，鮮美的荷包蛋，素碧激情得練習已生疏的反應，很快熟稔了。她領受這位純眞小男生的溫柔，讓闊別已久的權杖，在她的宮殿舞動，掘出汨汨聖水，大大地氾濫。

❀

晚餐的豆腐燒焦了，大家紛議著，素碧一再的道歉哪！只有文祥心疼這位戀愛中的女人。

說好，不能再去窺浴，但時刻一到，文祥渾身乏力躺在床上想像。今午的約會，沒有預備衛生紙，事後以師姐的內褲取代，文祥把它當做聖物珍惜著，那混雜兩者生理交融的激素，令他癮癖、回味、無盡，文祥擁在懷裡，才勉強入眠。

隔晨，一早師姐突然推門而入，馬上褪掉床單、枕頭套，放在桶裡，也把掛在牆上的內衣褲收下，侃侃的說：

「今天開始，當你的洗衣婦，夠格嗎？」

文祥感動得從背後抱住她，吐納出失眠的火氣：

「我整晚想著妳，下午再去……好嗎？」

「在寺內，不要這樣……」

「下午好嗎？」

「……」

「好嗎？拜託呀……」

「再說，去讀書……」

荒山，靜庵，平時遊客少，偶有農家上山幹活；吹落山風後，已無人跡。山寺、人懶，只有風在生氣；兩條人影，先後離寺，奔入樹林，日後，此刻有情世界，是他倆一天中盡性的精華，文祥早就忘掉都市女友的存在，說社會現實，愛情更勢利。

素碧的床笫事，有少婦圓熟，她叫床、放蕩、主動，折騰了文祥死去活來；她本身是得到滿足、高潮，卻意識另股報復的快感。她假想著背叛了先生，紅杏出牆，忿恨狂抖小腹，駕馭征服天下自私的男性，舒暢內心的憤懣，但事後，又馬上後悔。

沈迷於色慾的文祥，嘆服師姐變化多端的姿勢及內容；而更興奮的，於師姐月信期，她改用嘴巴，使這位五陵少年，習藝、游學外，見識性海情山的多采多姿，尤其令文祥感動得熱淚盈眶的是師姐不可思議吞食他所噴射出的淋漓。因都市的女友，總緊張嫌髒，而急促擦洗，令他承受強烈的挫折感。

寺內，他倆是佛門的信徒；寺外，是對豪放綺麗的男女。人都有兩副面具，虛偽的一面騙自己，眞實的那面讓別人來發現。素碧眞的玩火，文祥瘋狂的自焚。

狂歡假期終要結束，胖尼姑於晚餐時宣佈師父明日回山寺的消息，大家都在高興著，唯有做錯事的人，心虛急商對策。

深夜，大地在風的煽情，發出詠嘆、不安。素碧悄悄上樓，一進門，就被久候的文祥推倒在床，動手解開束縛，素碧拉住他的手，認眞的說：

「在寺內不行，冷靜下來，好好談談。」

慾火高漲的文祥，仍然摩挲，夢囈：

「師姐！我好難受，給我……給……」

「不要這樣折磨自己，師父明天就回來，我會很忙，後山的約會也要停止。而且你最近荒廢功課，這樣下去，會害了你，把這段情當做孽緣！緣盡了，忘掉我吧。」

「不行！師姐妳不能遺棄我，明天我就開始用功，明年考上醫科。妳在山寺陪師父，等我畢業後能獨立賺錢，就可養活妳，到時我們結婚了，我是眞心的……」

「理智點，文祥！你隱居山寺，凡事單純了，不久你要回到都市，接觸複雜的人與事，思想、情感會大大改變。誓言不可靠的！只要你成功當上醫生，還記得師姐，我已滿足了，那時，我已出家，平靜、無痕。」

素碧覺得這段隨緣，是情慾，不是愛情！因爲她仍不服氣那場的落敗，伺機搏取最後勝利，她流下淒楚眼淚。文祥心目中如女強人的師姐，也有脆弱一面，他用力再用力，欲把師姐抱入心裡，融合一體。一陣沈默，文祥突然跳下床，面向佛堂方位，肅然舉手，莊重說：

「我林文祥，永遠愛師姐，永不變心……」

素碧聽到此，急忙下床，激動地用手掩住文祥的嘴，哽咽的說：

「誓不要亂發，會惹禍，天譴的！」

文祥倔強掙脫，凜然的說：

「我不是演戲，是認眞的！從小到大，凡事都被安排了，所以這次是我本身內心的肯定，證明我有權力去愛別人，去做喜歡做的事。」

這些甜言蜜語，以前相同在她的耳際迴響著，如今人物已非；面對未成熟的文祥，對未來，她完全沒信心，但又矛盾地說服自己的遲疑，在文祥的挑逗下，佛祖、禁忌，於恍惚中，遠離、消散。

❀

東方微白，素碧牽掛的醒來，熟睡的文祥，戀母情結撫緊她的胸脯；她悄悄移動，輕輕下床，穿好衣服，來到廚房。準備升火時，置在灶臺的火柴盒，卻掉在水缸裡，她敏感地驚覺，是佛偈：「滅熄火種！」

氣色病虛的師父，眼神仍生炯，她召來文祥，鄭重的說：
「阿祥，你瘦了，不要用功過度啊！你阿媽希望你回去高雄，參加補習，這裡不適合長住。」
「師父呀！妳在趕我嗎？來山寺，也是妳們的意思。」
「憨囝！師父怎會趕你呢？我的用意，你來山寺，是平靜情緒，緩和火氣。但是長期隱修山寺，年輕人會失去鬥志，你的世界，是在山下，不能寄情於此。」
「師父不是常說，佛祖渡有緣人！為何我隨緣而來，又拒絕了。」
「祥喲！……你對人生的看法，還渾沌！有一天，你感覺到愛與恨已經不重要，佛就在內心。你目前的任務，就是求學上進，不要胡思亂想，佛不能替世人解決困難，佛只是等待世人的自覺。」
文祥還想爭辯下去，但端來熱水的師姐，打斷話意：
「少爺回去唸書吧，讓師父休息！」
他似聽話小孩，向師父道安，就先行離去；素碧服侍師父洗臉後，在禪房整理床被，師父卻冒出一句話：
「素碧，少年家是定時炸彈，妳要迴避它！」

青燈幽明，木魚篤沈，病中的師父，仍清淨、平和，接引素碧所慮的雜念，受之澄明，逐漸內斂、律己、苦行。最無助是文祥，徘徊於情慾的斷崖，一不小心，將粉身碎骨。

這夜，文祥在浴室外徘徊，師姐一出現，他就上前使勁拉往芭樂園。

「師姐，妳爲何冷淡我？連稱呼都改了。」

「文祥！我求你，不要再纏住我，師父回來了，她有通天術，已感覺出來……」

「我無法再忍受，我去告訴師父，說我愛上妳，然後回去求我阿媽。」

「不要傻了，趕快放我回去，再不聽話，以後就不理你！」

「師姐！我求妳，同情、可憐我……」

文祥任性壓倒素碧的身子，蠻橫解開師姐的衣服；她想反抗，又怕驚動寺裡，她無法拘謹面對師父，而又放蕩對待文祥。結束後，文祥體會出師姐的心在泣血，就匆匆獨自離去。

日後，文祥發現師姐始終冰冷，閃避著他，又回復初到山寺的情景；他無奈地看書，常用功一半，又停下來嘆息，腦中一片空白，沒有冥思主題。有時卻自私的想著，如果師父又病重，再下山去住院，那多好，善良的他，恨自己變得沒人性，情慾把他逼到恨的角落，愛得天誅地滅。

不久，素碧於清晨刷牙時，大大噁心著，吃飯時，專撿酸的吃。

師父的病又發作，一早，文祥被叫去師父的禪房，師姑忙著整行李，已憔悴的師父，仍打起精神說：

「我又要下山接受電療，師姑與師姐都要一起去，文祥你也回高雄吧！」

「我……我……不要……還是等到補習班新開課，才回去……」

文祥的耳朵嗡嗡作響，佯裝笑容，匆匆回到自己房間，眞想痛哭一場。

入房時，卻發現師姐在翻他的衣櫃，納悶地問著：

「師姐，找什麼？」

素碧冷冷語調：

「那條內褲呢？請還給我！」

「爲什麼？這樣久了，才想取回！」

「快啦！沒時間了，被人看見就不好。」

「不行！要說出原因，妳變得令人寒心。」

「拜託！沒有任何用意，東西是我的，我來……」

「不說出來，我不會還給妳的！」

「文祥……你……」

「師姐，我覺得妳們所謂的成人世界，太虛假了，玩得不痛快，愛得不乾脆，爲何事事，都要考慮別人的眼光呢？」

「文祥，我無法與你爭論！」

她終於找到內褲，馬上塞入衣裙裡，文祥見狀，衝過來硬搶；但文弱書生難敵操勞的主婦，素碧掙脫，逃跑了。跌在一旁的男人，喃喃自語：

「成人世界，都是假的，活得太虛僞……」

❀

往北投的山路，令他專注開車；坐在一旁的素碧，仔細端詳他，多年不見，他胖得臃腫。一路上，異常的沈默，究竟時間能沖淡多少情仇？

在溫泉旅舍，世雄試探把素碧擁在床上，生疏了昔日的千遍一律，而素碧不但願意，且更爲豪放。汩汩聖水，洗滌那曾己有，被分享、又奪走的愛情權杖；她嘲諷、用力、粗野、彷若要使子宮裡孕育的小生命，流產出來，而證明她是位正常的女人。

世雄驚訝前妻的熱情，竊喜著重溫舊夢。如今，名分、義務各有所屬，他倆避免談過去，也沒有將來，只是客套地試探目前生活，好嗎？如意！

好像這次見面，只爲了床笫的需要，沒有其他閒致話題。世雄該回家，素碧也要回南部，車子從北投開回臺北車站；素碧等待復仇的時刻，已來臨了，她很想留下來觀看前夫崩潰的表情，但又怕自己心軟，會變成安慰他的避風港！女人的恨是一生一世，她狠下心來，要令世雄無助地，似發狂的獅子，撲向對方。

送走前妻，世雄疲倦地開車回到居家巷子的車位，內心一團疑霧，爲何素碧已經幾年失去聯絡，卻突然來電約會；見面時，除了做愛，沒有談出任何內容話題?!他想到素碧下車時給的一封信，匆匆打開：

「世雄：

今天，我來見你，只想告訴你一項事實。

我是個正常女人，肚子裡已有個小生命，這可證明，我倆結婚多年，沒有生育，責任在於你！

當初約你一起去檢查，你總是推辭，我敢斷言，你的寶貝兒子，絕非你的血統。

諷刺嗎？

※附上一張懷孕檢驗報告書。

素碧」

頓時被重擊的世雄，暈眩，狼狽，怒氣上樓了！心裡想著，難怪小雜種，任他如何疼愛，總是左顧右盼，缺少父子連心的天性。

大人的私慾，戕害小孩的天倫樂，愛情是多餘的！

✿

漫長日子，文祥把時間分割爲讀書及相思，落山風已盡氣數，他徘徊，憑弔，一切曾有情慾的地方。原來是歇腳的山寺，卻使他滯留，苦守，歡樂已逝了，但是他仍不死心，等著。

這次，師父是被抬著回山寺，文祥去探望時，師父已無法打坐，靠在床頭，臉色發青；師姑燃起馥郁檀香，仍難以掩住絲絲的腐臭。

寺內將有巨變，文祥的祖母，再三來電催促他趕快回家；素碧的身體也虛弱許多，蹲在地上幹活，欲站立，都要倚靠柱子，她焦慮師父的病情，也提防狂猖小子的虎視眈眈。

有天中午，山寺罕有的，來位訪客，是養尊處優的都市人，一趟山路，令他坐在椅子上，喘出大口氣。胖尼姑問明來意，就去叫出素碧，一會兒，寺裡的女人都知道訪客身分，只有文祥孤陋寡聞。

傍晚，文祥下樓散步，經過廚房，煮飯的老婦，似情報販子現買現賣：

「少爺呀！師姐伊前尪，由臺北來寺裡找伊，聽講是來求伊回去歸家！」

「伊人哪？」

「兩位去後山，去眞久啦！」

臉色慘變的文祥，畢露原形，急急跑出寺門，奔向心目中愛的殿堂。他躡手躡腳緊貼窗戶，從隙縫向內窺覬，妒火頓起，只見那位男人跪在瓊麻堆，雙手攬住師姐的腰部，把頭埋進女人敏感的小腹，不斷摩挲；他倆的談話，時而爭論，唏噓，懺情，先生要前妻回家團圓，而素碧有點心動了。

那位男人煽情撩起素碧的裙子，貪婪吮舔肚臍往下的敏感地帶，素碧不斷移動雙腿，不安呻吟著，當世雄開始拉下自己的長褲時，素碧終於定神的說：

「今天不行！我剛拿掉孩子，子宮還不能碰。」

「素碧跟我回家吧！當初我有勇氣去接受檢查就好了，只怪抱孫心切的媽媽天天逼得我心煩，那晚喝醉，莫名其妙與秀玉發生關係，事後，她就向媽媽哭訴，懷了我的孩子，媽媽還高興的說，一次就中了！」

「你們男人風流，總有藉口，你也清楚，秀玉在爸爸的公司，是出名的交際花……」

「不提也罷了，對啦！與妳發生關係的少年家，妳愛不愛他？」

「談不上愛字，當初懷了他的孩子，感覺上，好像懷了你的骨肉，所以趕緊北上，要告訴你這個消息。」

「那他只是午夜牛郎吧！希望妳與他到此結束，素碧，現在醫學發達，能人工受精，我倆重新開始吧！」

「我……給我時間……考慮……」

「還顧慮什麼呢？」

他倆又再次的熱吻，格外的纏綿。

文祥把這些對話，一字字聽清楚，愛情神話，被諧謔、戲弄，曾與他馳騁於歡迓性海情山的師姐，短暫的分離後，就投入昔日的伴侶，否定他的眞摯、百分之百的用情，同時也殺害他的血脈，視爲累贅、負擔。一股被羞辱的頹廢，如深夜斷腸的裂帛，撕成布帶，套上樑柱，他泣血般大吼著：「我只是證明她是個正常女人的午夜牛郎！」像隻受傷野獸，奔入森林。

文祥瘋狂的奔跑，來到懸崖，落山風吹得他搖晃單薄；遠處海天，抹上殘暉，血紅雲彩，生命的輓歌。他喃喃：「世上沒有眞愛，就到西方世界找尋吧！」彷若看到師父的身影隱入雲的故鄉，文祥凌空追去，風在耳際哭泣，人快速下墜，當脆弱身軀被瓊痳刺戮血洞，他痛得暈眩，鮮血慢慢乾涸，他的聲息越來越弱了⋯

「師父⋯⋯帶我走⋯⋯帶我⋯⋯走⋯⋯阿媽⋯⋯阿⋯⋯」

❀

山寺的大廳石柱上，有一排已磨損的刻字：

佛偈：

我有明珠一顆
久被塵勞關鎖

今朝塵盡光生
照破山河萬朵

吹鼓吹，一吹到草堆

她含淚、報恩，
讓頑童騎在腹下，
順利的使她成爲眞正的女人……

「十九號！黃登敎！」胖子坐在椅子上，煩躁的大喊。

「有！」黃登敎的下巴幾乎貼近桌面，只露出一個微笑的回答。

胖子瞪著他，不耐煩的揮揮手：

「嘿！猴囝仔，這是鐵工廠招考黑手，你來幹什麼！回去！回去！」

「大棵！你講話客氣點，誰是囝仔？兄弟今年二十七！」本來排隊時，他就格外引人注意，旁人以爲他是替兄長排隊佔位子的，可是一直就沒看見大人來，現在聽他理直氣壯的回答，不禁哄堂大笑，大家皆擁到前面來看他。

胖子啼笑皆非打量著：

「嘿！囝仔！你不要說笑！」

登敎被圍著，仍平靜的說：

「我不是囝仔！只是矮點！大棵！你識字吧！這身分證有寫。」

胖子看看他的身分證，嘴角卻浮著不屑的訕笑。「囝仔！我們的工人要五尺以上，我是替你著想，只怕鐵板壓扁你，我讀小學一年級的兒子都跟你一樣高呢，哈哈！」

登敎仍平靜的說：

「大棵！我不是囝仔，你不能侮辱我！」

胖子冷冷說：

「我說你囝仔就是囝仔，沒有五尺，還當什麼大人？」

登教和胖子，爲了身高認眞的吵起來，大家似乎忘了來此的目的，每個人只想看戲，隊伍也亂了。

「我說，你是狗在吠月——自不量力！」胖子閒閒抽起菸，話卻尖酸逼人。

登教滿臉羞紅，想到懂事後爲了個子生得矮，受盡譏笑，除了在家放牛，跟阿添師學吹鼓吹之外，村裡少年家往都市工廠跑，回來時穿新衣、花大鈔的風采，他從來就沒份。想到此，他一時氣憤難消，頭一低，兩隻手突然伸到桌底，抱住胖子的雙腳用力一拖！

「啊唷！死囝仔！幹伊三代！」椅子翻了，胖子跌痛屁股，狼狽的倒在地上，粗言喘氣叫罵著。

在場的旁人，沒想到這矮仔這麼大的力氣，不由得退後讓登教揚揚手上的身分證，對著胖子說：

「大棵！草枝也會絆倒人，後會有期！」他穿過人群，像檢閱部隊般神氣的走了。

胖子好不容易掙扎起來，嘴巴還不停嚷著：

「夭壽囝！小雜種，下次碰面，一定踩死你！」被矮仔拖倒在地，實在沒面子，胖子索性不管衆人鬨笑，把桌上文件一收，掛上「休息」牌，一跛一跛走進廠內。擠滿人群的偌大場所，在一片倒楣嘆氣聲中，驟然空曠起來，天花板上幾支吊扇，這才吱嘎響起，無聊地吹動這窒悶的酷熱。

登敎漫無目的踱著，轉了幾條街後，來到車站，固執的買張全票。車掌小姐疑惑的打量他梳亮的飛機頭，他仍是一本正經上了車。

✿

鄉下的淸晨，除了剛出生的嬰兒，其他人都醒了，陽光為大地的輪廓匆匆打個草稿，村間便忙碌起來。登敎一早就牽著水牛，到水圳旁的草坡放牧，想到中午順水伯出殯，又要去吹鼓吹、出風頭，心裡才有一絲興致。他彷彿已經神氣的走在隊伍前頭，用力吹著，把所有悶氣皆吹散。茫然發怔遐思著，那隻水牛也不知何時走遠了，等他發現時，猛然爬上水圳的土堤眺望，心裡不禁嘀咕……

「一大早，就亂來，啐！畜生就是畜生！」

水牛走到圳旁的鐵路邊，與一隻母牛正惺惺糾纏著。登敎氣忿地想帶走牛，但好奇心癢，令他有氣無力的坐下來，情緒也隨著兩隻牛交配的過程而起伏。一股生理異常的勃起，令他用斗笠蓋住褲襠，臉紅心急。那次，阿喜帶他到臺南新町，起初老鴇不讓他買票，妓女看過他的身分證後，卻爭相拉扯。最後還是阿喜解了圍，挑個個子最小的給他，那是一次奇妙的經驗，事後，還收了紅包回來。他證明自己長大了，想到此，褲擋更堅實的被撐起！唉！要不是當時「中了鏢」，打了兩個月美國仙丹，也不會被阿母控制住工錢了。

「嗚！嗚！」遠處火車響著氣笛來了，夠多殺風景的事！登敎用土塊擊打母牛的背，「唬！唬！」喊著，母牛不高興地甩頭，隨著公牛慢吞吞走到蔗田的乾溝底去。火車走後，對面蔗田旁又多了個小孩，淘氣地拉著母牛的繩轡：「喔！喔！回家，我要上學。」

公牛有力的後腿穩穩踩在地上，這個時候即使再打個雷，也不過是伴奏的插曲。登敎覺得褲底濕濕黏黏，更苦惱的是還有股腥味。

「嘿！囝仔，不要拉牛繩，牠們在相好！」

穿制服的小孩，歪歪頭看著登敎，不禁高興的說：「矮仔豆，不行啦！我要上課，日頭已經在樹上！」

登敎有點怒：「囝仔！講話沒大沒小，你怎麼可以叫我矮仔豆？」

小孩扮個鬼臉：

「全村的人都這樣說，你本來就矮得像顆米豆嘛！」

登敎二話不說，拿起土塊就往孩子身上丟，小鬼也不甘示弱，躲到乾溝底，兩邊就你來我往起來。有點火藥味，但鄉下人們懂得善意的處罰，土塊裡面如有了石頭，仍好心的把石頭拿掉。登敎起初出手重些，小鬼技術也不錯，只是臂力不足，兩人一上一下，打得小鬼滿身狼狽不堪。打一個相差十幾歲的小孩子，自信心雖然提昇了，自尊心卻又被辱，他不忍心打下去，後來只能閃讓；爲何個子矮小，會活得這麼痛苦，想娶個太太，都被認爲作夢呢？登敎心一惶，不留神，「吧」的一響，被打中嘴巴，滿嘴的黃土，又澀又難受，那位小孩卻得意拍拍手：

「矮仔豆，這下被我打中了，現在你眞像城隍廟的八爺。」

登敎本來讓手了，情勢突轉使他忿然拾起大土塊，猛的一擲，正好打中走過來的母牛，小孩急忙拉著牛轡，半奔半吼的把牛帶走了。公牛還在慢條斯理搖著尾巴，登教一看沒打中小孩，心裡咒罵著跳過田埂，對著牛背揮起竹鞭：

「畜生，你命眞好，不必娶某就能隨便打炮！伊爸若不是阿母懷我晚上把衣服曬到外頭，沖煞了猴邪，我會比你還歹命？幹！」

❁

順水伯子孫衆多，出殯場面非常熱鬧，正午陽光縮短了人們的影子，風極吝嗇的一點點施捨著。登教戴上墨鏡，神氣的站在場內，把鼓吹的聲音提到最高音階，脖子吹得紅脹。送葬的藝閣陣伍，比賽誰的風頭最健，順便做廣告，舞得狂醉，起勁吹打，喪家該哭的也都哭了，恍若這個世界即將寂靜止息，人們正歇斯底里發洩著。

弔祭後，送葬行列就引發了，隊伍繞完村裡的道路後，轉入牛車道，進入公墓裡。除了生辰八字沖煞的村民，大部分的人都圍在路旁，盡他們傷心的義務，同時討論著死者家庭的興旺破敗，行伍是否體面熱鬧，評論喪家哭得用心或不用心。

登教跟在阿添師後，用心鼓吹，大人倒無心看他，只有小孩子仍戲謔的喊著：

「矮仔豆，吹鼓吹，一吹到草堆！」

牛車道久旱，黃土地又硬又燙，人們的亂步踩扁了兩旁雜草，天邊幾朵烏雲遮住太陽，頓時天陰暗起來，幾隻烏鴉抖擻著棲在林投樹叢上。墓間隙的風鑽來鑽去，終於隊伍在一座新墳旁停下來，僧道開始誦念經文，五子哭墓的戲旦對著麥克風有聲無淚的哭唱；經過擴大器吼出的哀號，凝住空氣，也嚇跑了烏鴉。登教優閒的喝著蘆筍汁，當初出師，第一次來到墓地，他還緊張得躲在阿添師背後，如果不是拿著樂器，他眞的會被喪家當作野孩子趕走呢！

隨著次數增多，他學會打扮，刻意裝飾衣著，買了牽亡歌花旦戴的墨鏡，還特地買雙厚底回力鞋，頭上的斗笠夾個小鏡，一條嶄新毛巾還學著師父結在腰帶旁呢！

棺木入葬時，喪家的哀號，總令登教悒悒著：有天自己死了要是還沒有成家、沒有後嗣——場面一定很冷淡草率……想遠了、想深了，不由得起疙瘩，腳底涼颼颼，好像比棺材裡的死人更加冰冷！

阿添師蹲在一個舊墓上，木訥地抽著菸，看到登教把蘆筍汁的空罐踩得扁扁，兩手抱緊鼓吹，像個淘氣固執的小鬼般站在林投樹旁。

「阿教喔！來這裡……」阿添師招手示意。

「喔！師父，有什麼事。」登教摘下眼鏡，走來。

「阿教，你在想什麼？」

「沒有啦！師父……」

「阿教，師父總是想個問題，總有一天，我也會倒下來，我沒某沒猴，到時你要當我的孝男。」

「這沒問題，我們是同病相憐，你還有我這個徒弟，我連一個也沒有，到時只有向我弟弟借孝男。」

阿添師咧開嘴巴苦笑著：「阿教，你還少年，去娶個某！」

「哈，哈，娶某？」登教自我解嘲大笑了幾聲，又機敏的繃緊了臉，還好，那五子哭墓的麥克風很響。

「師父！你不要講笑，世間上有像我這麼矮的小姐嗎？」

師徒倆爲結婚的事，針對自己的缺點窮挖苦。阿添玩了一生樂器，隨著戲班跑江湖，只得個氣喘及酒精中毒回來，他有個哥哥，日據時代戰死在南洋，現在他只擁有一間土角厝及雙親老哥的神主牌，對啦！還有個好搭檔，「愛徒登教」。年輕時浪蕩，想的是工作及享樂，身體壞了，老了，錢也沒了。

每每走在這條太熟的路上，阿添師的背傴僂了，呆板的打著叫鑼，步伐逐漸遲緩，他知道會有這一天，自己將被抬著走完這路。每送完一次葬，拿著工錢，拉著登教上秀美麵店，喝得大醉……登教會忠實等他醒來，就像小孩侍奉父親。以身高的比例來說，那倒是頂適合的。

✿

順水伯出葬後，幾天來登教的心神都恍惚不定，每當放牛時爬上圳堤，望著靜止的鐵路延伸到遠處蔗田，總有無限惆悵。雖是仲夏，睡個午覺，他仍衝動的抱緊棉被，直到喘不過氣，才流汗嘆息的平躺著。太陽換了個角度，到了下午二、三點，坐上牛車，到溪埔採西瓜，廝混過整個漫長的下午。

南風吹熱西瓜，吹散炙熱的酷暑，更撩起小姐的裙角。登教坐在橋墩下的陰影，吹著涼風，看看採西瓜的村姑在這裡洗濯。

有次，阿珠無意撩起裙子，那紅得惹眼的內褲，就像熟透的瓜肉，他緊張得往前爬，想看清楚些，無意踩破兩個大西瓜，弄得滿身狼狽，也被阿珠又羞又惱的罵著：「矮仔豆，西螺西瓜——無子。」

日子就這樣消逝，登教想到死，就想到結婚。白日的夢，經常苦短，倒是這幾天夜裡他弟弟也夠煩了，往往被說夢囈的登教抱得出一身汗。雖然床很大，中間隔了棉被，但到了半夜，棉被往往已在地上，登教就像甜睡小孩偎倚在他的弟弟身旁。

登教家人口簡單，父親種田，母親在家，弟弟在仁德學黑手，妹妹在高雄學理髮。習慣上，吃完晚飯，阿母在豬舍忙著，阿爸到廟前雜貨店閒聊，弟弟工廠累了一整天，早早就上了床。而登教最恨床，一想到睡覺，心裡就難受，餵飽牛，點上蚊香，鎖好了後門，他就到阿添師家發怔。因爲阿添師醉得需要別人照顧。

今夜阿添師卻意外的站在門外，精神抖擻，穿上他那件難得上市的斜紋襯衫，頭髮也抹上水油。不等登教開口，阿添就拉著他的手往大路走。

「阿教，今晚讓你開眼界，仁德戲院在演歌舞團。」他的腳步加快，登教跟不上，只好半跑著：「師父，是不是脫衣舞喔！」

「是啦！幹伊娘嘍，已經脫了兩天，下午宣傳車才來村裡！」

「現在去會不太晚？」

「差不多，不過要快點，最後一場最精彩！」

登教扭斷了木屐帶子，索性把另外一隻也丟到田埂旁，趁著月色，在螢火蟲引路、蚊子前呼後擁下，抄過墳墓的捷徑來到仁德街上。兩人在涼水攤喝飽了青草茶，買包花生，到了戲院門口，只見廣場上擺滿各式各樣的車子，燈光燦爛，來往的人群好不熱鬧。阿添買了兩張票，帶了登教往入口擠。快上演了，大家都想搶前排，也不知誰罵的：

「幹！生意真好，有未長毛的猴囝，棺材鑽一半的阿伯——唉！查某坑闊茫茫。」

場內亂哄哄，觀眾神情是緊張、興奮，男人虛偽的嚴肅，完全被女人的內褲揭穿了，一切紛歧的思想歸於一致。登教站在第二排的椅子上，焦急的看著後面湧進來的人潮，好幾次被別人揶揄著：

「囝仔！你是替伊爸佔位喔！」

「猴囝仔！你讀幾年級？我明天向你老師報告！」

登教不講話，索性也不聽他們講些什麼了，一會兒，阿添師滿頭大汗，抱著花生米喘呼呼擠到登教旁：「還是少年郎手腳較敏捷，像我人老就沒用，來，啃土豆。」

八點半，臺上樂聲大作，一位戴金框眼鏡的瘦小中年人出來胡亂扯了幾句開場白，就介紹一位穿紅色禮服的小姐唱歌，接著，仍舊這樣由兩三位唱歌的小姐撐著場。起初觀衆還耐心聽著，時間一直過去，唱歌的小姐只應付地踢了幾次飛腿，拋個媚眼，其他動作就沒有了。觀衆情緒像暴風雨前的躁悶，終於有幾位年輕人猛吹著口哨，有人叫喊了：「脫了！脫啦！不必唱了，像火鷄哭餓呢！」

觀衆跟著哄叫，連阿伯也有氣無力的喊著，登敎覺得氣氛和諧平等，再沒有人注意他的身高，坐在旁邊的一位中年人還請他吃檳榔。現在大家有共同目標，需要合作團結。

主持人又謙虛的出場，帶著神祕的口吻說：

「列位兄弟，不必心急，好酒沈甕底，剛才因爲有『電仔』，所以……」

觀衆不約而同往後張望。

「現在『電仔』已經回去吃飯，本團最精彩節目就要開始，請少年家褲帶要束緊，阿伯心臟要穩定，囝仔不要黑白看……」

這席話逗得大家開心哄笑著，頓時場內靜得令人發急。樂隊幽幽奏起舞曲，一下子出來了七位女人，「嘩啦……」觀衆掀起一時騷動，但又迅速靜下來。舞孃隨著樂曲挑逗地、笨拙地、衣服一件件脫。舞群似乎經過細心安排，從未成年到中年，肥大的臀部、瘦小的乳房、雪白的雙臂，色色俱全，甚至還有紅豆冰的雙腿，嚶嚶訴說著一場悲慘的際遇。幾位「菜鳥」一直生疏的站在臺上，赤裸裸茫然失著神，「老鳥」火熱擺臀，扭動著下垂的乳房——觀衆亢奮的情緒經過妖冶色誘，已經瘋狂了，臺上舞孃向東跑，人們的頭就往東擺，大膽地滿足視覺享受。就這樣一下子往東，一下子往西，舞孃看到臺下觀衆滑稽聽話的傻勁，也不禁笑了，場內因此顯得很逗，像男孩女孩玩起扮家家酒。

舞臺上胡鬧了約一刻鐘，陸續進去了幾位舞孃，只剩下兩位，主持人壓底聲音，極富磁性的說：「現在由『山地之花』及『舞國玫瑰』兩位做最大膽的姿勢表演。」

頓時燈暗下來，觀衆還摸不清怎麼回事時，只見票房的鬍鬚仔張皇跑上臺，跟主持人交頭接耳說了幾句，兩位舞星見勢匆匆跑進後臺。燈亮時，主持人陪笑說：「現在請紅貓合唱團，爲列位獻唱熱門歌曲……」觀衆莫名其妙，那位鬍鬚仔走下臺來，低聲向前排的觀衆說：「後面來兩位分局的『電仔』，精彩結束了……」

氣息很快就傳遍了全場，臺上唱歌的唱得更像貓叫了。一場火被驟雨淋熄，有些人不耐煩站起來走了。坐在後面的兩位警察似乎在聽歌，優閒的抽著菸，好幾位觀眾與他倆熟識，尷尬的擠出笑臉點個頭，或是乾脆繞個圈子避開了。

啃檳榔的中年人，也站起來推推登教說：「囝仔！眞爽，我從中午看到現在，帶個便當，不虧本哪！囝仔！你還細漢，不能看太多，否則會夢洩，長不大的！」他揚揚空便當，摸摸登教的頭，吐了兩口紅汁走了，登教覺得又被侮辱了，人們的記性總在不該好時特別好，別人的缺陷怎麼也忘不掉。阿添師拉起登教，「回家吧！幹伊娘嘍，連紅包都捨不得送！」

師徒倆踏響地上的花生殼，人群漸漸散了。前排還有幾位阿伯固執的耐心等候，顯出老年人的穩重成熟。也許不久那幾位舞孃仍會光著屁股出來，而誦讚他們的料事如神呢！

月亮已經縮小，清得明亮。露水很濃，田裡的蟲、溝裡青蛙，仍忙著唱歌聊天。師徒倆，不知是疲倦或是憬然回味，沈默地踱著，也沒勇氣抄捷徑，常走黑路說不定眞的碰到鬼呢！一趟路走回村裡，已經午夜了，狗的吠聲叫得村裡更顯沈靜。

阿添師腳也沒洗，倒是先整整齊齊掛好他唯一的一件外衣，上床睡了。登教幫他關上門，在溝旁撒泡二分鐘的尿，覺得頂舒暢，但想到一早又要放牛做工，眉頭一皺，便不由得加快了腳步。昏黃的路燈聚滿無數草蚊，登教面露惱色嘀咕著：

「唉！吃豆豉的日子到了，今年春牛童穿草鞋，雨水可多呢！」

❀

這次雨，一下就半個月，只見得到處濁黃的水，村裡馬路泥濘不堪，地勢低的住家要用竹筏出門。村民繃著臉，看看天際始終還是陰沈沈，叫聲：老天爺！可憐蒼生吧，日後祭拜牲禮會豐富些的。雨還是下，村民暫時無奈的放下鋤頭犁耙，不管是否有經驗，拿著蚊帳改成的魚網，去到溪畔、田溝，網著、撈著；沒菜沒肉窮喝地瓜稀飯，也許撈得出些魚腥味呢！

登教個子矮，好幾次走在水淹過腰的路上，路過的大人，不知眞心關切還是開他的玩笑，總會說：

「囝仔！不要玩水，快回家。」

但登教抓魚技術頂不錯，去年刮颱風，溝裡躺隻十幾斤重的大草魚，登教狠狠跳下去跟牠打了一架，才筋疲力盡把牠拖回家。這條魚幾乎與他同樣高，村民起哄說登教抓到一隻美人魚。從此以後，每逢下雨他就忙著爲自己製造好運，尤其這幾天他家的貓阿花生下五隻小貓，特別需要進補。

天微亮，雨還濛濛的飄，登教一早先就去餵牛，牛棚淹了水，霉味加上牛溲，再加上阿花坐月子，屋樑上擠滿老鼠吱吱喳喳嚷著，眞個令人氣短的太平亂世。登教每餵一次牛，總是罵道：

「再下去，連大便的地方也沒了。」因爲廁所就在牛棚旁，糞坑已經溢滿出來，糞便隨著水波載浮載沈。

他胡亂喝了幾口稀飯，拖著網就往小溪走，有時雖然水深及頸，他也不怕，因爲從狗爬式到綜合式、直立式，他已不知害多少人鬧過笑話了。有時人家不曉得他游在深處，撲通下了水，等灌飽污水，掙扎上岸時，也只能心中暗罵：「矮仔毒！」在淺處游呢，別人以爲水頂深，猛然一跳，結果不是挫傷腳，就是扭痛筋，一個身子站起來，水才到下腹，心裡不由也罵：「矮仔毒！」

做人就這樣難，經過水缸嫂的池塘時，登教心中正這麼想著，發現水缸嫂早就砍了很多棘竹插在池塘旁，大概是怕水滿了，抓魚的人會趁機越過界線吧。水缸嫂精明出了名，家裡光是靠魚塭，一年二收，孤兒寡婦，生活得也頂富裕。每當年荒或變故，水缸嫂可又成了財神娘，借錢只要立據，不要利息，讓村民不能不敬重她。話又說回來，如果有那款借錢不還的，憑她一口利嘴，對方也要被她修理得俯首帖耳。又走了幾步，登教卻隱隱聽到呼救聲，夾著雨勢，令登教不由得心頭一震，一捽網子，「撲通！」就往池塘裡跳，拚命朝呼救的方向游。原來水缸嫂那位寶貝兒子，一早溜出來玩水，把綁在樹頭的竹筏划到了池塘中央打轉。十歲出頭的孩子困久了，心也慌，手也亂，何況體力本來有限，池塘又深，每年總要淹死個把人，傳聞裡是水鬼每年雨季總要出來找替身。

下了大雨，小溪的堤崩潰了，到處氾濫，池塘水勢湍急，登教吃力的潛游。一會兒，榕樹旁，已經圍滿一群人，水缸嫂夾在人群中滿頭亂髮哭著。幾位村民也紛紛跳下水，人多好壯膽！登教已經游到竹筏旁，春金癱瘓的叫著：「矮仔豆，救救我喔！」

平時，春金在村裡最頑皮，他穿好、吃好、口袋零用錢多，當然是孩子頭目，連大人也得讓他三分，因爲他是水缸嫂的命根。登教平常被他戲弄得最多，這時不禁暗罵著：「幹伊三代，拚死來救你，你還在罵我，唉！」但看春金蒼白哀求的臉，蜷伏在竹筏上的身體不停抽噎，只得又想：

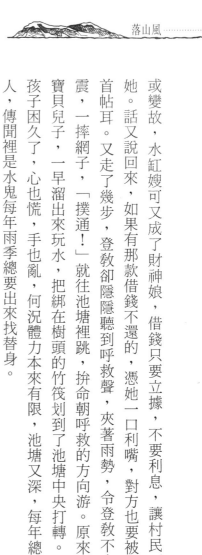

「他還是囝仔，不懂事，大人跟他計較什麼呢？」抓住竹筏的後端，藉著浮力逆水推著，他以安慰口吻說：「春金，坐穩了，我在後頭推行！」

在眾人的歡呼盼望下，竹筏終於推上岸了。村裡少個枉死鬼，也多個救人的英雄，但村民做夢也不會想到，會是矮仔豆——登教。水缸嫂搶先跑過去抱住嚇壞的春金，一面劈頭打著，旁人駭得只見她幾近瘋狂的哭罵：「夭壽死囝仔，你就這樣惹事，沒想你阿爸只留下你，我辛苦十年，差點船過水無痕，打死你短命夭壽鬼！」春金像火燒到尾巴的猴子，蹦跳兜圈又哭又叫：「阿母，我不敢了，饒命……」

眾人看她打得兇，也不知該如何，其實水缸嫂打春金固是氣頭，多少也有表演給村民看，不讓村民閒言閒語，說她溺愛孤子的意思。想不到旁人居然都不勸架，這個面子一時又拉不下來，所以還是不斷的打。

登教全身沾滿了枯葉穢物，本來也說：「這該打的，太搞怪，疼豬倒灶，疼子不孝呢！」但打久了，登教內心也有所不忍，因此又說：「囝仔不懂事，水缸嫂，不要打了了。」

他過去拉著水缸嫂的手，不小心自己吃了一嘴巴，口一麻，吐了幾口髒水，旁人此時也來勸架，你一句貞節可風，他一句教子嚴厲，說得水缸嫂佛面生光。阿金躲在登教後還儘是哭，登教拉著水缸嫂，聽見別人你一言我一語，感覺有點熱，像是弟弟依偎姊姊一樣，別人此時也沒有壞心思去猜測。

水缸嫂又想擰春金的耳朵，但被登教擋開，只得狠狠罵了幾句：「死囝仔，要不是登教講情，今天就……」

她終於露出笑容，摸摸登教的頭：「阿教，眞多謝你，你是救阿金的大恩人，我不知道該怎麼報答你啊！」

不知那個掃興鬼，魯莽的說：「阿教要變成臺南囝仔仙，替人解運求福！」話中帶刺，引得在場的人又大笑起來，登教本來還想謙虛幾句的，頓時又敏感到自己個子矮，話也不說，拿著魚網，就朝圳堤走去了。水缸嫂一時還想不到該說些什麼，登教已經走遠了，雨又下大，衆人也散了。

她牽著春金，細心走過淹水的村道，看看她受驚挨打的兒子，想到自己命苦，年紀輕輕死了丈夫，家裡就缺一個當家的男人。方才登教勸架時，牽著她的手，癢酥酥的……但她及時打住了，因爲罪惡感。

「唉，可憐的登教，不是你個子矮，而是旁人的心眼狹呢！」水缸嫂暗自爲登教叫屈。

太陽終於露出臉，陰沈的天空破個小洞，呈現出蔚藍的顏色。昨晚才地震，村民就盼望著出晴，果然就有了吉兆。然而細雨仍飄著。

登教的母親在天井旁洗衣，水缸嫂一早就提著籃子走進來，親切的說：「申嫂，眞勤快，一早就洗衣喔！」

申嫂滿手的肥皀沫，在水桶沖沖，還濕濕地，就在衣服上擦，怡悅的回答：「阿缸嫂，妳眞是貴客，大水把妳沖來的吧！」

「申嫂，妳愛說笑，我今天是來答謝登教救我兒子的大恩！」

「喔！裡面坐……」

兩個女人，手拉手往客廳裡走，水缸嫂迫不及待，把豬腳、麵線，還有一副鞭炮，一件件擺好在八仙桌上：「申嫂，這是小意思，按古例吃了豬腳麵線，益壽百歲。」

申嫂笑咧了嘴，也按古例，惺惺推辭一番，最後才勉強收下，說：「不好意思呢！阿教回家也沒講，我是聽伊老爸提起，說全村的人都在傳誦這件事呢！」

看到這份牲禮，申嫂想起自己結婚三十年了，這還是第二次拿到這麼肥大的豬腳，不由得她自言自語傷起神：「阿教生得矮，否則我老早就當阿媽了，唉！想抱個孫子都不能……」水缸嫂納悶著說：「申嫂，妳有麻煩，只要我水缸做得到，一定出錢出力。不瞞妳說，春金生下來，我去給他測過命，伊命中有水劫，需要貴人相救！後來我也到過天公廟改運，到過神機仙那裡拜長明燈，我曾立誓，只要春金蒙貴人相助，我水缸一定十二萬分報答伊！」她伶俐的眼神充滿自信，只差沒拍拍胸膛，似乎她欠了債，總算今天能夠鬆口氣抬起頭來，別人要來求她似的。

申嫂眼中的水缸現在簡直像個男人，粗壯得挑得起兩擔西瓜，當家也弄得來粗茶淡飯了。但想起登教的事，她不禁戚然說：「阿缸，我看這個忙，叫呂洞賓來也沒辦法。」

「是什麼難事呢？我阿缸雖是査某軟腳蝦，但做事不會輸陣！」

「是：阿教伊……」

「啊唷！阿教的事，那更沒問題！」

水缸的口氣這麼肯定，申嫂心想這是姜太公釣魚，自己找上門了，也許阿教的事，真得憑阿缸的聲勢才能幫得上忙，於是她壯著膽說：

「阿缸，是這樣，阿教快三十了，因爲人生得矮，所以娶某，像娶個天上聖母。」

水缸驚訝著，又覺得好笑，除了駝背，跛腳，還有誰會嫁給他呢？這問題可大了，但剛才自己說了大話，水缸覺得很窘：「申嫂，唉！有困難喔！」本來申嫂還存著希望，但一剎那間又只剩現實的蒼白：「我早就知道，除非下輩子，阿教註定是吃齋的！」水缸侷促著，想到才許下諾言，現在又自打嘴巴。村裡人稱她女神龍，何況登教又是救命恩人，爲了名聲及報恩，這件事，她不能不解決。

「申嫂，妳放心，雖然有很大困難，但我會盡所有力量。」

她說得很慎重，申嫂看著她剛毅的臉，不禁握緊她的手。

太陽已露出整個臉，竹林的葉子泛著水的光芒，申嫂覺得是好預兆，送走水缸，她走回天井旁，搓洗衣服也顯得輕快有勁了。

✽

爲了登教的事，水缸嫂回家後苦惱了很久，怎麼想也找不到適合的小姐，弄得日夜惶惶，精神不定，眞像當初初戀。她已經一個月不輕易出門，因爲怕碰到登教家的人，歷來向她借錢的那些人，哭喪的心情大概也不過如此吧！

這天，她索性在屋裡清點向她借錢的名單，一張張地看，翻到林水成借款五千元的立字，眼睛亮了起來，心思也靈活了，靜下來仔細想：「對啦！水成的女兒，阿桃最適合。」她幾乎跳了起來，匆匆喊來當長工的東發，囑託照顧春金，提著皮包就急著上路。水成家在鄰村，二里路程；久雨後的大地，格外顯得綠意盎然。

水成蹲在門檻抽著菸，他乾癟青黃的臉色，像是久病剛癒。這個賭鬼，家裡三分地輸光時，在太太面前立誓，不吃不喝折騰了一天一夜，像是下定決心戒賭。過了幾天，一個雞販經過他家，趁太太不在，他邪念一生，二十幾隻土雞又一賣而空。過了三、四天，一個短小精悍保鏢模樣的陌生人，陪同另一個頭髮油光，說起話來瞇瞇眼，客氣得令人害怕的紳士押著他回來了。

水成嫂當時雖然死命反對把女兒抵押出去，但，那位保鏢一轉身就到屋裡找阿桃，水成嫂情急之下，跑到外面喊「有賊！」驚動鄰居及村人來解救，這兩個陌生人才狼狽而逃。那以後，「水成賣女兒還賭債！」的事不脛而走，他在村裡抬不起頭，又怕黑社會找上不敢到臺南做工，眞是六月火燒埔，七月大洲崩堤防，窮途末路。有天喝完悶酒，也不知他發的什麼神經，拿起鐮刀，對準左手，一砍就是一隻手掌。阿桃做工回來時剛好他血流得像噴泉，送到臺南就醫，雖然一條命總算拾回來，但就此欠下水缸嫂五千元。村裡的輿論原諒他，說他有志氣，但這個代價太高了，從此他就在家裡幹些雜事，偶爾做些零工。少了一隻手，行動生硬不自然；出去又被別人指指點點，好幾次他想要自殺，但怕死不成又替家人多添了筆債務。

看到水缸嫂，水成心中一驚怕要來討債，但臉上浮著笑容：「喔！阿缸，坐啦！我就去叫我牽手的。」一會兒，水成嫂急急趕來，一進門就說：「阿缸，失禮失禮，我知道日期已經過了，但是碰到雨季，有吃沒賺，現在豬價有市，但豬仔還小⋯⋯」

「成嫂，妳放心，我今天來，不是要帳的，是來與妳商量一件事。」水缸平常要債，一進門就臉色凝重把話說明，成嫂看著她果然不像是要債來的，但又有什麼事呢？她忐忐忑忑定住氣，就這樣兩位女人支吾著。水成也不想聽，戶長早已換人，他是無官一身輕，只有晚上偶爾做那件事，他才覺得自己是佔了上風的男人。

這件事一談就三個多鐘頭，水缸嫂不時面露難色，但誰能不在水缸的利嘴下屈服呢？當然，母女親情、天倫之樂，是人生最眞摯的，但命運更是人力所難抗拒。沒錢困死狀元才，一元逼死英雄漢的故事聽得多了，也許阿桃就此發跡也不定呢！

水缸嫂覺得很滿意，臨走前，還拿了五百元給水成嫂，說了句：「要認命啦！」她急得忘記自己是個寡婦，回村子的路上，碰到福順騎著腳踏車，她還搭便車呢！

申嫂等了一個多月的消息，已經徹底失望。這幾天還好忙著賣豬，豬價有市節節上揚，農會的存款已經六位數了，但她想想又嘆息：「有什麼用，有米沒鍋，飯還是煮不成。」

福順帶著水缸逕直就到登教家停下，水缸一躍而下，連謝也沒來得及謝。申嫂正縫補衣服，看見水缸像個小女孩般拖著她到小房間裡講悄悄話。夕陽快下山了，大地金黃一片，她們才浮著笑走到門外，申嫂是由衷佩服這位女神龍了，她到後院水池裡撈了兩條魚，硬塞給水缸。

❀

新玉興冰果室的二樓是府城有名的相親場所，因爲老闆娘是頂頂有名的玉桂姑；當今臺南的名門世家，不知多少姻緣都是她從中拉線做的媒婆。

二樓雅座粉紅色的壁燈下，阿桃穿件紅底綴白的衣服，羞答答垂著剛做好的頭，旁邊的水缸嫂還不時低聲向阿桃叮嚀著。一會兒水缸帶著阿雄及申嫂也來了。

雙方打過招呼，叫的東西剛送到，阿雄就大方地朝金桃看，看得她頭垂得差點碰到高腳杯的冰淇淋！阿雄心想：「我是來看阿嫂，沒有什麼不好意思的；想不到阿兄命真好，阿桃長得不錯，不過也可憐了這個阿桃，伊一定不知道，我是廖添丁當日本巡查，假仙的！」

阿桃頭雖垂得低，耳朵卻頂靈光，她注意在座的談話，有時用眼角瞄著，只想看她未來的「頭家」長得怎樣，她心裡想著：「他看人，像青仔欉，但身體頂壯，年紀好像輕些，唉！姻緣三百年前就定好。」

本來她還擔心著她若嫁了家裡該怎麼辦，阿母帶嗄龜，夏天還好，一到冬天就無法起來煮早飯，阿爸只剩一隻手，又有肝病，吃藥打針的費用，都靠她做小工賺來。阿兄是歹子，在北部流浪得連過年都不回家。但她眼淚早已掉光，上次還差點被阿爸賣到煙花界，她不恨阿爸，只恨那位雞販，如果他不來家裡，這個事就不會發生，但想到做人的道理，憑什麼恨別人呢？總之，都是命啦！

阿母說對方會送聘金六萬，嫁妝男方還替我們買妥。而且只嫁到鄰村，回家問長問短也方便，莫非天公有眼，幫我苦命女找個這麼好的男孩，她又偷偷看他一眼，他正張著大嘴吃冰，「嘶嘶」吃得正起勁，有點粗野，性格看來是番薯屎——

急性子，不過這有才男子氣概呢！

水缸說了許多吉祥話，兩位準親家母也相互謙恭客套著，中國人講究一團和氣，只要是辦喜事，上個廁所，放聲響屁，過門檻被絆倒，打破個碗，出口也是善哉！

水成嫂低聲問阿桃：

「桃喲！妳看怎麼？阿母讓你早點去黃家好命。」

「阿母作主就好了。」水成嫂看著女兒十二月的芥菜——「眞心」這麼說，她心一痛，腳一麻，臉也變得蒼白了。

水缸看到這情形，衝著大家說：「申嫂，妳看阿桃這樣孝順，一定是個好媳婦。」

「對啦！阮阿兄！有福氣。」阿雄冰吃了一半，大概糊塗忘形了，剛說完一句無心話，只覺得大腿一陣麻痛，他猛然清醒，也敢喊痛，趕快又說：

「有這個弟婦，阮阿兄做大伯，也很有面子。」

本來在場的人除了阿桃外，大家皆嚇了一跳，幸好他還能勉強把話接上但內心總是作賊心虛，惦念不安。

阿桃聽了句莫名其妙的話，也起了幾分疑惑，但有阿母作主，又怪自己多心！時間在戰戰兢兢的舞臺上熬過，洪一峰低沈迷人的歌聲繚繞不已，是一首「舊情綿綿」的老歌，阿桃也會唱上幾句，但她沒戀愛過，她只覺得好聽，想要共鳴哀傷，卻不知從何哀傷起。

❀

秋收後，村民忙著進倉存糧，也忙著農會走動，倉庫滿了，存款也像樣了，雖然離過年還有一季，但這幾天村民進城的風氣很盛，大包小包提回來，既是高興，又有面子。

水缸嫂爲了撮合這婚事，忙裡忙外，五千元的債也不要了，她出錢出力，深信俗語說的「做紅娘好比吃三年的清齋」。爲了兒子，除了脫褲子外，什麼皆可犧牲，虔誠的拜神、熱心的幫助別人；天公疼好人，一定會保佑伊春金長大後，不是文狀元，就是武進士。

水成嫂本來準備賣豬去還債，現在債也不必還了，親家又送來六萬元的聘金，她第一次這樣風光，有錢愁著不知怎樣花。只有這個女兒，又將虧欠她，水成嫂狠下心，爲阿桃準備嫁妝，沒有什麼可猶豫的，買東西往好的揀，花錢大方得像個都市人，左鄰右舍愣愣猜測著，莫非水成又贏了錢？難道是水成嫂挖到黑金磚了嗎？

其實鄰居並不曉得她訂了婚，但阿桃自己就是不好意思出門，她躲在家裡，做些家事，編織日後的美夢，她常偷偷打開衣櫃，看看新買的衣服，一件件的想——該在什麼場合穿；她還偷偷練習穿高跟鞋走路，有時塗上胭脂，畫細眉毛，照照鏡子。阿母一再告訴她，要守密，因爲她家有錢嫁女兒，深怕府城的黑社會找上門來要賭債。阿桃又感動又害怕，覺得天下父母心，一枝草一點露。

登教連入城作套西裝，都被都市的裁縫師誤會：「誰說草地人沒錢？囝仔都穿起西裝來！」說得登教握緊拳頭，如果不是要娶太太了事事忍耐，難保他不口出穢言！

登教的父親請了土水師傅，在廂房旁加蓋個房間，地是水泥磨石子地，天花板裝了時髦的美術燈。晚上上街閒聊，別人問他，是不是要辦喜事，登教的父親也只是笑著，大方的請大家抽菸。

申嫂跑了幾趟高雄，因女兒阿花學理髮已經出師，連社會這一課也及格了，戴尖尖的胸罩，穿尼龍三角褲，裙子又短又緊活像母親的內褲，申嫂就在女兒的指引下，帶回許多時尚品，準備用來討好媳婦。

登教還是去放牛，只是時間縮短了，有空就到田裡鋤草挖地，只覺得以後要更努力。晚上阿雄往往不厭其煩的講述著，相親地方有多麼堂皇，那奇怪的冰有多麼好吃，阿桃又長得多麼耐看，胸部頂高的。同樣的事，每天都有不同的說法，說得登教緊抱棉被更變成慣例。睡覺前阿雄就得意的誇張，說累了帶著微笑睡著，讓登教空感激。他常偷偷塞零用錢給弟弟，心想長夜將不再苦長。

管寮村的村民傳言：水成嫂挖到黑金磚，也有人說伊那個歹子在臺北發財寄錢回來了，弄得水成嫂白天也關緊了廳門，晚上睡覺還怕遭小偷。

海寮村的村民也傳言，登教要娶太太，也有人說阿花要嫁給高雄人，弄得申嫂外出，只能笑，點點頭，不能說話，否則明天又有新的消息傳出。這眞是演戲的不急，急死看戲的。

✽

水成一直納悶著，終於憋不住氣，一天晚上與他太太在床上吵了一架。水成嫂拿著棉被蓋住水成的臉，弄得兩人滿身大汗；因爲深怕阿桃聽到起疑。水成憤懣的說：「這等於是賣女兒，隨便嫁，也比嫁登敎矮仔豆來得好！」

水成嫂反駁：「總比被你賣到妓女戶來得好，雖然阿敎人長得矮，但心地善良，做事認眞，他還救過水缸的兒子呢！」

「妳是不是受水缸的恐嚇，老子有錢，會還債的！」

「你做啞巴皇帝就好，免插嘴，憑你三腳貓，哪裡生錢來還債！」

「我看妳是被聘金迷了心，人糊塗了，妳是沒看過這麼多錢喔？我帶妳到銀行或是賭場開開眼界。」

「水成，你講話要摸良心，你該看到，嫁妝我買了什麼東西，隔壁的還問我是不是挖到黑金磚。」

「阿桃嫁過去，一定會怨嘆一生呢！」

「但總比在家做牛做馬來得好，日子久，就會習慣，孩子一生，心肝就是孩子的。」

一對夫婦，就這樣妳一句、他一句，直到鷄啼天快亮了，還是水成先睡著。

以後水成老是唸唸有詞，想到因爲自己浪蕩，弄得呂后當權，自己只能喁喁私語時放屁——低聲下氣。他看到阿桃變得又羞，又明朗，終於想通了，生米煮成熟飯，他悶酒也不喝了，還幫太太來去張羅，事已至此，就高高興興吃他個飽吧！

直到日子到了，村民才恍然悟到原來是辦喜事。那麼阿桃要嫁誰，登教又要娶誰呢？兩村的村民爲自己村裡的事忙著議論。水缸忙著兩邊跑，管寮村民認爲她是來要債，這邊海寮村民，又想她與申嫂原是好友，誰也想不到她會是牽紅線的媒婆呢。爲了避免不愉快的場面，雙方面約定一切從簡。水成家窮，親戚朋友本就如同陌路，倒是傳說她發了財，朋友又多了，親戚走動也勤了，只是水成嫂仍繃著臉；辦個喜事，索性只拜個天公，客也不請。這邊申嫂只通知近房親戚，大日子雖也演一場布袋戲，但村民搞不清楚到底新娘是誰家女兒。

正巧十五這天黃道吉日，鄉裡的嫁娶有好幾對；但登教娶太太是個大消息，村民皆在期待這天的來臨，還有人打賭下注，甚至自己要當新郎的，也替登教想著新娘呢！

昨晚的一陣秋雨，今晨地仍濕濕的，農夫忙完早活剛要回家吃早飯，天空蔚藍一片，太陽才在竹林裡露出半個臉。登教家門口，三部計程車緩緩駛出村外，秀花穿件女式西裝，胸襟配上一朵大紅花，神采奕奕坐在車內，她今天替阿兄當新郎，免得阿兄個子矮，喜日裡討了人家惡言。當然，要是阿嫂臨時不上車，那事情才叫糟了。

水缸天未亮，就來陪阿桃了，阿桃穿著新娘裝，對對的金鐲子掛到手肘上，胸前也掛了三副項鍊，金光閃閃，好不嬌喜。

迎親的車子好不容易「叭！叭！」開進來，鄰居還來不及湊上前看儀式，人就匆匆上了車，大家皆疑惑，嘆息著時代變了，風氣隨人興，真是廟裡的籤筒，人人可搖，磕瓜子嗑得出臭蟲，什麼仁（人）都有。

載嫁妝的鐵牛車慢慢起程，後面還綁隻牛，水成嫂有意給村民看看，她也有辦法嫁女兒，嫁妝可比邱罔舍。她心想，雖然錢是親家拿來的，但這隻牛是她除了房屋之外最貴重的財產，親家也好看看她絕對不是窮得賣女兒的人。

上車前水缸嫂告訴阿桃：男方的八字沖到這個時辰。

車子開進海寮村，剛蹲在廁所上的人，也兩三下就急著跑出來。真的有事分不了身，也託個人代看。車子一停，後面的人就圍了上來，秀花眼明手快，與水缸扶著阿桃匆匆就進入房內，別人只知道新娘體格很好，沒有駝背或是跛腳，於是又有人猜測：大概是啞巴或是兔唇裂嘴的。載嫁妝的鐵牛車，這時在人群裡衝開一條路姍姍來了，村人自然不免驚呼：「不得了，嫁妝夠氣派，還陪嫁一條牛呢！」開鐵牛的阿忠坐在駕駛座上，神氣得像個萬事通，除了現金有多少不知道外，其他一切，別人都只能低聲下氣的求教於他了。

中午，席開五桌，新娘還是秀花陪著敬酒，親友看到嫁妝如此的齊全，又覺得新娘長得福相耐看，紛紛向阿申及阿申嫂恭喜，水成與水成嫂坐在大位子也頂有面子。只是阿桃心裡納悶：「阮頭家，到現在，怎麼還不露面？」水缸嫂怕她寂寞生疑，不停向她叮嚀，也不時介紹她與男方的親戚認識。最後一道甜點出來，親友就紛紛離席辭行，申嫂及阿申的笑從未休息過，誰不誇耀這個媳婦有行情呢？

登敎與阿雄躲在阿添師家裡，正當登敎踱步踱得瀕於發瘋時，阿添師吃完筵席趕回來了：

「阿敎，你眞走運，新娘長得眞『讚』。」

❀

阿桃倚在床頭坐著，覺得賓客的喧嘩已經消失了，隱隱只有腳步聲及碗筷沖洗的碰撞，兩支大紅燭越燒越矮。天終於暗下來，新房裡陸續進來了親人，屋裡有點擠，大家團團坐，每個人都勉強笑著，登敎穿著西裝，由水缸嫂帶進來。如果不是他下巴上刮過鬍鬚的青皮，眞像位體面的小孩。阿桃感到不對勁，到底發生什麼事？新郎又去那裡了？

申嫂向旁人使個眼色，突然膝蓋一彎，跪在阿桃面前，這一跪，跪出親情的凌厲，阿桃慌得不知所握，只覺得天地在旋轉，這還得了，她人一軟，跪倒在地上，眼淚流個不停，嘶聲的說：「阿母，快快起來！是不是我做媳婦……做錯了什麼事。」

「不是！……是我對不起妳，我騙了妳……」

兩個女人跪在地上哭成一團，旁人有計劃的忙著苦勸，弄得又悲又喜，難以分清。

阿桃弄不清到底是怎麼一回事，阿教看在眼裡也覺得有犯罪感，他轉身想走，但被水缸一手拉住了，用力一推，把他推到阿桃的身邊。申嫂由水成嫂扶持著，兩個親家母都哭得雙眼紅腫，一個家窮，一個身虧，能夠結個姻緣，湊合湊合，也是天造之合。

水缸嫂趴在阿桃耳邊告訴她，阿桃臉色霎時由白而青，眼睛一瞪，一失神，人就昏倒了。阿教搶先就抱住新娘，心裡抽搐，眼淚也跟著流，他覺得眞委屈了阿桃。預料中的事，大家也不慌，水缸嫂拿條濕毛巾，在阿桃臉上擦擦。一會兒，她醒來了，發覺自己躺在登教懷中，手一推，就狼狽的掙脫起來，又羞又恨，她現在才知道，天下沒有眞正的好人，從相親到結婚，她一直被欺蒙著，她恨命運，恨在場的所有人……登教阿母皺巴巴的臉上爬滿了淚，年紀一大把，爲了兒子，居然向媳婦下跪賠不是，登教像隻待罪的羔羊，頭也不敢抬，站在一邊……她就在愛與恨，憤怒與同情中打轉，每個人都屏息垂首，沒有誰來幫助她，她不知道該怎麼辦。看看嚇得像小孩做錯事、等著大人處罰的登教，她內心昇起一股憎惡感，原來她嫁了個矮仔豆！她扭絞著胸襟，但願自己被賣到煙花界，至少那兒跟她睡覺的，不會是個囝仔！

屋內氣氛肅殺，紅紅的喜幛，兀自垂掛到了地上，水成嫂拉住阿桃的手，平靜的說：

「阿桃，妳也不要去怨恨什麼人，如果沒有阿母做主，誰也娶不到妳……」

「但是，阿母，登教……伊……」

「阿桃，這件事，我早就知道，登教，人是矮，但心地眞善良！人老實、勤儉，這次聘金裡有三萬，是他放牛做小工及吹鼓吹積蓄下來的。」

「阿桃，阿教會這麼矮其實該怪我，因爲我有身孕時，晚上在外頭晒衣服，沖煞了猴邪，所以生下登教才會那麼矮，這不是說阮阿教茶壺有缺嘴！」

「桃喲！妳要聽聽妳婆婆的話，是多誠意。其實，有件祕密，不說也不行，如果妳不相信，還可以問妳阿爸。妳生下來，一直生病發高燒，阿母去神機仙排妳的命體，說妳是犯罪來出世，是來贖罪，日後妳匹配丈夫，一定要選個有缺陷，否則會剋夫敗家呢！本來我不相信，但是妳看我們家的落魄，爲了妳以後不會當寡婦以及家裡的再造興旺，我才痛苦的決定。」

阿桃黯然望望她的阿爸，事到如今，水成也只好痛苦的點著頭。

阿母分析利害關係、婆婆誠意的貼罪、水缸嫂好言的相勸、登教忸怩的可憐相……阿桃想著，乾脆與爸媽回管寮，我可以告他們騙婚，但要去那裡告？那會是多丟臉？

秀花端來湯圓，每個人一碗有禮貌的分著，阿桃任性不拿，秀花仍客氣耐心的勸食。阿桃聽煩了揚手一撥，一碗湯圓就倒在地上，碗也打破了，衆人還是原諒她的失態，不料阿申卻突然站起來喝道：

「眞破格，別人娶媳婦是賺錢，我阿申顚倒了錢，阿桃，妳不是三歲囝仔，頂撞父母就是不孝，看不起丈夫，就是打破鴨卵——無仁——。」

阿桃本來佔風頭，挨這一喝卻不禁感到理虧，秀花又恭恭敬敬捧上一碗湯圓，水缸回頭勸著大家吃湯圓，一面唸唸有詞說：

「食新娘圓，一家團圓。

夫唱婦隨，萬年富貴。」

說完，她走到屋外搬來兩棵連焦花、石榴，謹慎的放在床下，又唱：

「新娘眞有意，坐久新郎會生氣，

大家要去行，給伊去輸贏，

大家量早返，給伊變把戲，

夫妻和好財子盛，恭賀富貴萬年興。」

等她唱完，大家也走出了洞房，只留下登敎及阿桃。燈過了很久才關掉，沒有聽到什麼聲音。

隔天，登敎一早就去放牛做工，阿桃一早起來煮飯洗衣。以後，也很少看到他倆說話，只是登敎更努力下田操勞，鼓吹也不去吹了，阿桃仍然一樣勤快，日子在平靜中消失。

一年後，有天，阿桃一早就起來洗衣，卻靠在水池旁噁心嘔吐著，申嫂當天就殺隻五斤重的母雞，燉好了雞湯，端去給媳婦說：

「桃喲！明天起衣服開始由我來洗，妳要好好休息。」阿桃感動地流下眼淚，哭她的好命。

——民國七十四年一月十三、十四日中國時報人間副刊

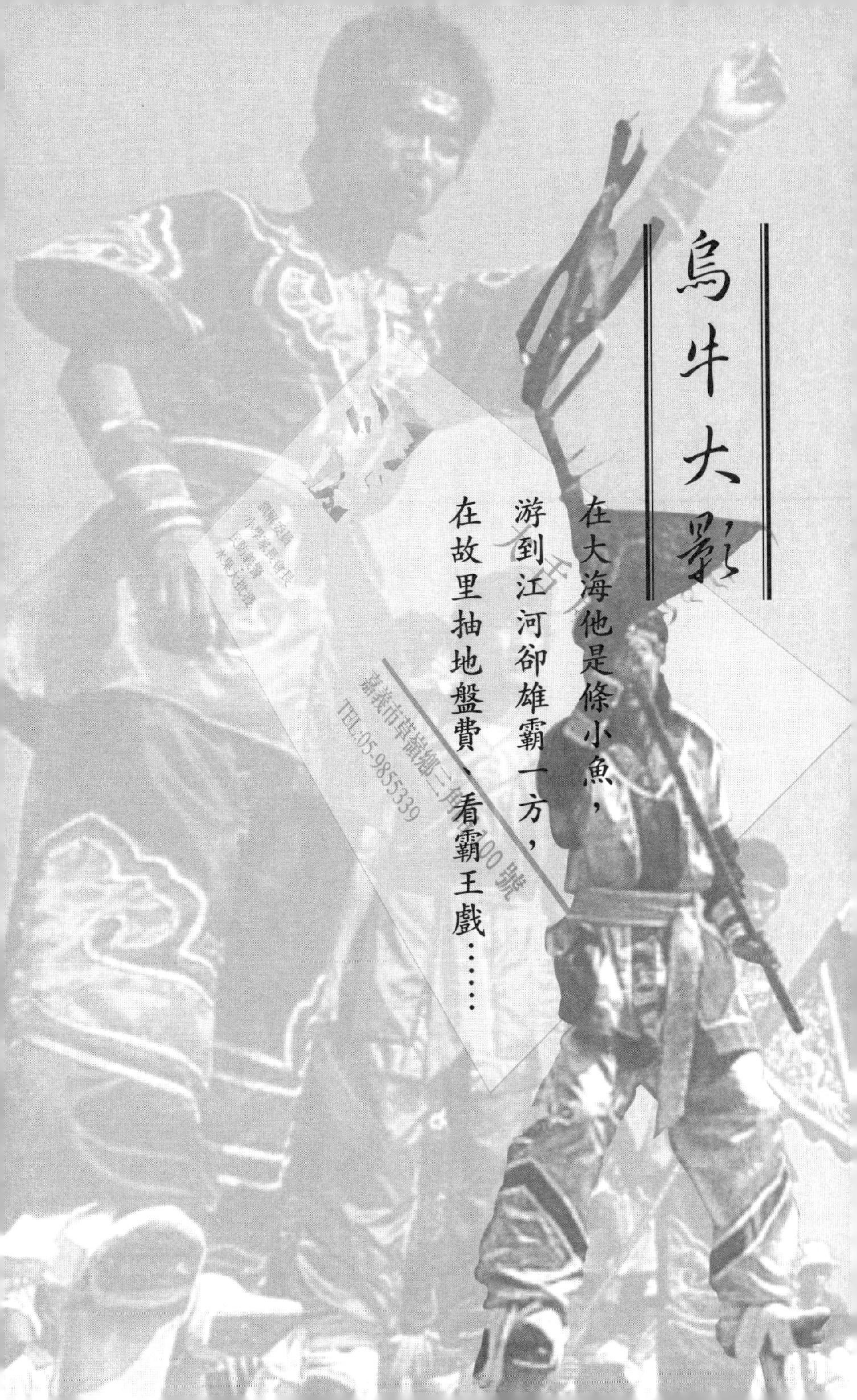

烏牛大影

在大海他是條小魚，
游到江河卻雄霸一方，
在故里抽地盤費、看霸王戲……

童乩標的雨傘

阿標才牙牙學語，久痨的老爸就吐血而死。家裡窮，薄板一釘草草收埋了。節哀順變的寡母，到溪埔幫人採收西瓜。爲了多賺些工錢，無視大雷雨後溪流的詭譎，被沖到河口的近海，漁民撈起她的屍體時，她的雙眼、手腳都已受魚蝦咀食！

孤獨的標仔，依靠患有青光眼的阿嬷與叔叔伯伯一起生活。那個時代，每個家庭入夜沒有什麼娛樂，只好認眞生囝，靠著幾分看天田，日本狗又管制配給糧食，標仔和許多囝仔一樣，童年只有喝地瓜湯，長大也是一碗番薯籤羼雜可數出米的飯。

一天中午，有位羅漢腳向阿標家乞食一碗地瓜飯，蹲在曬穀場的石磨旁知足享用著。看到放牛回來的阿標，淸瘦細長的身影，雙眉往上捲曲，眼睛大而爭凸，額骨高聳，雖然像隻餓黃夾尾的小狗，卻有滿臉的生氣，羅漢腳不禁喃喃自語：「莫非鍾馗來轉世！」

阿標洗淨手腳後，一會兒從房內端出只多加一片小醃瓜的地瓜飯，也蹲在石磨旁，吹著南風，沒頭沒腦的吃著。過了不久，伊阿嬷小心翼翼跨過門檻，慢慢摸索，再款款喚著乖孫，筷子夾著兩片紅鰱魚，又疼又惜放在阿標的碗裡，吩咐趕快的吃。意外著，這歹命囝同情比他更可憐的羅漢腳，把魚大方的分享了。

羅漢腳吃飽了自尊，臨行前向慈祥的阿嬤進言：伊孫骨格孤辰寡宿，宜善心祀神祇，晚景富貴之命。

苦難的日子總會熬過，傳來臺灣光復消息的當天，村民興高采烈把廟裡神明抬出遊街。那時已弱冠的阿標，是宋江陣中一名不惹眼的小兵。大隊人馬經過太子爺廟時，他突然恍惚震抖全身，口唸囈語，不時噴出白色泡沫的唾液，然後奔入廟裡，在神龕上抓把燃香，脫掉上衣，在赤裸的背部一次次的炙灸，令同伴驚駭不已。隨即他又衝出廟外，從停在廟口的神轎上拿下刺球，瘋狂揮舞著，把肩頭刺出潺潺血滴直滴到褲子都染紅，圍觀的父老都爲他的神勇押煞咋舌嘆服。

村裡前任的童乩，自從到南洋充軍戰死後，地方正愁後繼無人，廟裡老大集會，一致認爲阿標是哪吒太子爺欽選宣託的門生，就正式委以重任，同時也安排阿標到行天宮坐禁修練，踏出一舉成名的童乩生涯。

不久，眼盲但耳聰的老祖母，放心乖孫已吻合羅漢腳的鐵口直斷，才含笑撒手人寰。

阿標初任童乩時，每逢廟會祭典或民間請去驅邪過火，就赤膊上身圍著肚兜白裙，手拿令旗利劍，左右揮舞，前仰後合跳躍，猛擊桌面，到高潮時，分別以刺球破肩頭，用鯊魚劍猛砍背部或用七星劍斬額頭。越是血體淋漓，越能顯示神威。入神的時候，尚不覺疼痛，退神後總咬緊牙關，勉強綻著笑臉，二步併作一步衝回家，關起門來，洗淸血污，猛灌米酒，懵懂躺在床上低聲呻吟，還要太太在外把風。男子漢打落牙齒和血呑呢！

每次阿標起乩時，總覺得哪吒太子在耳旁殷殷囑咐，賜給他無比的勇氣及通靈的能力。沒有人知道阿標也有血淚交織的苦楚。像首次參加過火，因太自信神明附體的超能，事後腳底腫痛，在家寸步難行。這才想起坐禁時，老童乩叮嚀不能逞強，「事前腳底要先打上一層漿糊」的金玉良言。

隨著迎神賽會，分香做醮屢次的硬拚，阿標經過坐釘椅、睏釘床、過刀橋的種種驚悚，背部刻痕著密麻小窟窿，肩上長了硬繭，額頭也有斑斑的傷疤，腳底還有一層厚實的死肉。阿標掙的養家錢，是血肉長城的堆砌啊。

邁入中年後，阿標因經驗累積及同行心得的交流，作法也比較能得心應手了，拿刀劍凌遲皮肉時，會伺機行動，收放自如，不再像年輕時的蠻幹憨勇，本是家無恆產的莊稼漢，十幾年來替人做法事驅邪捉妖，終於擁有了大厝田園。

科學一日千里，民智已開，鬼怪惑衆逐漸匿跡，童乩的生意大受影響。地理風水之說代之而興，勘輿師大爲吃香；況且道士常擁廟自重，門戶之深難納異己。百貨公司也擺起電腦算命，坊間紫微斗數、命理行運流年的書汗牛充棟；失業的大專生，有了國學基礎，也販賣起鐵板神算。長江後浪推前浪，有了這麼多的俊秀出頭，寺廟法壇的經營，也邁入企業化。阿標順應潮流衝擊，再度到府城的天公壇、嶽帝廟充電學藝。這些名聞遐邇的道士壇，已由利益團體控制了地盤，牡丹猶要綠葉陪襯，童乩的通靈仍要桌頭的吹噓，配合職業聽衆的起哄，以及面善心惡的廟鬼拉線，才能生意滾滾；正如外科醫院向計程車、交通警察、病理檢驗所，廣佈眼線結善緣，一隻牛剝雙層皮，羊毛出在羊身上。

配合阿標留學回家執業，大厝翻修成樓房，門前放座大香爐，樓上還刻意佈置一間密室。新屋入厝、神明生日，就在門前擺祭壇，歌仔戲與布袋戲對陣熱鬧了好幾天。祝賀的花圈花籃恭維阿標的法力神奇，又標榜他嫡傳太乙眞人的灌仙術，專治不孕症、夫妻失和、久病枯衰等等。營業不久，績效顯著，加上好事者宣揚，果然大爲轟動。

守寡多年的罔市，是個大病瓜，每次灌完仙術，有了陽氣調和，面頰緋紅，含情脈脈，心病還要心醫！而聲如火鷄，體態似母豬的阿嬌，越灌仙氣人越嬌柔，對先生不再母夜叉；才十九歲的不纏賣給五十幾歲的老芋，已三年了還不下蛋，年初找阿標一灌，年底就生下白胖的兒子。……。

如此鷄飛狗跳了一段時間，有天深夜，阿標騎車從臺南回鄉下的途中，被幾個陌生人狙擊，打得他口吐鮮血，鼻青眼腫。自己心裡有數，也不敢報警，對外就宣稱出車禍閉門謝客。

歲月如斯，童乩標的三男一女也長大成人。老大是善化最有名氣、唱作俱佳的牽亡歌劇團團主，大媳婦是當家花旦。老二到西螺拜師學做烏頭師公，立志爬過刀梯，正式進任後才要破戒娶妻。老三夫妻倆，開部小貨車，內裝放影機，跑遍南部七縣市，專包各廟寺拜拜，張羅神明與信徒共同觀賞的電影片。唯一千金，是阿標掌中明珠，也是個異數，師專畢業了，當起百年樹人的老師。

阿標的女兒，求學時從不帶同學回家，畢業後更刻意志願到外縣市執教。課堂上教導學生信科學破迷信，忠孝不能兩全，身分就格外尷尬。有了如意郎君，一想到父親血淋淋的職業，也只好隱諱割愛了。童乩標愛女兒越深，女兒卻離他越遠了。

人總是多疑、善變、孤獨，當事業趨於巔峰，高處不勝寒，更需要心理武裝，所以勤於拜神禮佛。而凡事不順手，命運乖張時，新生的勇氣，也要寄情於冥冥神界的法力。所似阿標的職業與景氣好壞無關。後來房地產一日三市時，他與從事營建業的信徒聯手打出堪輿師的福地龍穴，破土開工還請太子爺大法師來翻土制煞，保證居家平安、商家利市，果然財源滾滾。

發財後的阿標，在市內置了房屋。有錢就有身分，爲了彌補女兒內心的傷痕，刻意參加獅子會，儼然事業有成的彬彬紳士，不再是血氣淋漓的草莽梟雄。

這天，家鄉的大廟重新翻修，舉行破土典禮，身爲廟裡老大兼童乩的阿標，特地從臺南趕回參加，鄰近村落支援的陣頭神轎，在廟口熱烈喧嘩著。相隨而來的童乩群，大都是後起之秀的少年家，隨著時代進步，現代童乩有了花巧奇招，事前打支速賜康，忘我又激情，事後香灰羼消炎粉，止痛兼療傷。身旁的助手拿著甘蔗謹愼應變，童乩出手過於狠勁時，馬上護肩或墊背。血肉模糊少見了，神轎旁的電光石火、炮城、沖天炮震天撼地，倒是聲勢頂嚇人。

衣冠楚楚的阿標，原本認爲只是簡單隆重的宗教儀式，那知前來捧場的初生之犢硬想出風頭，在人群嘆服圍觀下，踏著阿標先前一舉成名的路子，還叫阿標也脫下上衣及皮鞋跟著起乩跳童。在村民質疑期待的眼光下，阿標只好勉強拿把燃香，在背部意思意思的充充場面，好久沒起乩了，阿標覺得燃香觸在背上眞是灼痛。

來了兩部電子琴樂隊的花車，刺耳沙啞的歌聲，夾著人群的口哨吆喝，居然壓制了鑼鼓聲。車上香艷的脫衣舞，吸引了爭先恐後的民衆，使宋江陣、八家將、抬神轎的壯丁大漢，看得目瞪口呆，忘掉任務，亂成一團。

秀色可餐的妖冶勝過殘暴的陽剛，童乩群的法力血腥，被現實的觀衆唾棄了，場面頓時冷淸下來。心智淸醒的阿標越抖越沒勁，昨晚的應酬宿醉，今早腹脹氣塞，肚子還在隱隱作怪。一早陰霾的天氣，終於天空落下水珠，滂沱大雨把人群驅散了，花車的歌舞也銷聲匿跡。但童乩群仍傍著大雨苦中作樂。阿標暗叫不妙；褲袋裡有幾張巨額支票，是昨晚放利息給獅友所押的客票，如果淋濕，麻煩可大。心急又想拉屎，心念一轉，不管那麼多，他突然奔至屋簷下賣金紙的阿元嬸攤了，拿下掛在椅子上的雨傘，在村民的驚訝聲中，撐著傘急行奔回故居祖厝。

隔天村裡議論紛紛，都說：「童乩標退神了！」

如今童乩標索性長期住在臺南，穿起西裝，學做股票生意。女兒也搬來住在一起，有了結婚的對象；男友還是個長老會的基督徒呢。現代化的客廳，偌大的獅子會紀念旗幟替代了昔日的黑令旗。在府城的新生活，要盡量忘掉過去他是誰；現在，伊是阿標獅兄！

阿元嬸前些日子重病不治，臨終前特地交代子孫：

童乩標給我搶去一隻雨傘；

是我去香港觀光買的，日本製又是自動的！

愛去臺南給伊討轉來……。

大舌成的名片

大舌成在廟口的市場擺水果攤，因天生說話結巴，做起生意來，吃了許多暗虧。

一早面對洶湧而來精打細算的主婦，在攤前論斤算兩，有三姑六婆的嘵咋，也有靜靜吃三碗公的使詐，每要結帳，大舌成吃力的說：「總共……四……四……」人家聽了不耐煩，丟下四十元，拿了東西就大搖大擺的走了。大舌成這才面紅耳赤的嚷著：「不……不是……四……四十元是……四……四十五元……啦！」

佔他便宜者一多，生意反而門庭若市。俗云「生意好，店倒了！」收攤後錙銖都清算，往往是空忙一場；甚至還要倒貼！畢竟幾個零頭錢加起來就是個整數，積少成多，有幾個錢好貼啊！所以打烊後，大舌成與有重聽的牽手，總是牛衣對泣，怨嘆著命運不好。

原本大舌成說話很正常，是娶太太後才結巴的。雖然後來他倆學會手語，大舌成的結巴毛病卻是改不過來了。

大舌成有位讀小學的大兒子很聰明，在週記寫出阿爸因爲結巴，做生意老是吃虧的苦衷。富有同情心的級任老師，登門家庭訪問，向大舌成面授機宜，讓那些欺侮古意人的刁皮之民，鎩羽而歸。以後，水果的份量多加些，而總價四十幾就說五十幾；改變戰略，以此推演，首次營業的結果，獲利馬上改觀！從此大舌成說話伴著更爲結巴，生意則蒸蒸日上了；扮乳豬吃老虎呀！

生活有了改善，知恩也圖報，老師常常有大包小包的時令水果。市場學十分微妙；生意好的攤位，人群也越想湊熱鬧；所以大舌成漸漸一枝獨秀，同行的生意卻是「每下愈況」。大家嚥不下這口氣，都說「眞是虎落平陽被犬欺呀！」

除夕的市場，人山人海洋溢著過年的喜悅。一早，大舌成的同行們擺起聯合陣線，叫出美國大蘋果三粒壹百，再送三粒梨山小蘋果。挽著菜籃的主婦們，都睜大眼睛，呑著口水，沈住氣等待大舌成的反應。

大舌成一家大小今日都動員，他知道敵情後，心想反正年節，不必拚價，生意照樣好，就站在椅凳上，潤潤喉，用足丹田氣，大喊著：「我三……三粒……壹……」面對烏鴉鴉起鬨的人群，一時緊張，腳跟不穩失去重心，「碰」一聲，椅凳的腳折斷，人也跌得四腳朝天，爬不起來，一時引得群衆嘩然。大舌成那聰明的兒子，趕緊向伊「臭耳人」的阿娘用手指比著壹；「啥米，你憨爸講三粒壹元……」大舌成牽手的話雖細如蚊呢，聽在消費者的耳朵裡卻是聲如春雷。

人群似蝗蟲過境，大舌成攤上的六大箱蘋果，刹那間被一搶而空。攤邊零亂散落著髮夾、手帕和拾元銅板。大家還算有點良心，至少都給了拾元；一塊錢買三粒蘋果，回家過年怎麼能安心呢？大舌成掙扎著爬起來時，揮手就給兒子一巴掌，噙淚望著一臉茫然的牽手。

相對的，這悲哀的荒謬使敵人潰不成軍，成爲市場最轟動的大新聞。一些慢來的主婦落了空，失望的怨聲此起彼落，大舌成心想：蘋果等於年終大贈送，其他的水果也應捧捧場啊。不到片刻工夫，大舌成又恢復生氣叫賣，不到中午，連碰傷潰爛的下品，也被買走了。

一家人帶著沈重的心情收攤；結算後意外的尚有盈餘，大舌成稍感安慰，喊來面頰仍發紅的兒子，惜憐地拉起他發抖的小手，和藹的說：「囝仔，有耳沒嘴！」

從此以後，大舌成的水果攤在市場稱霸，元氣大傷的同業也都只好認了。不久夏天到了，他夫妻倆到溪埔標購西瓜，正午的炙陽曬得河床似蒸籠，女人不耐酷熱，又怕曬黑了皮膚，就先行順著採沙石的車道，想走上堤岸的大樹下納涼。有重聽的她，不知後頭來輛兇惡疾行的沙石卡車，年輕氣盛的司機，猛按喇叭，吐著檳榔汁，破口大罵：「幹你娘！不驚死，喇叭捏得要破，也是走在路中央，不閃開，好！愛死免驚沒鬼做！」

大舌成的太太被撞死後，有筆賠償金，他挪用一部份來翻修大厝。車禍的調解會，幸好是委託議員出面斡旋；靠著他的侃侃口才把苦主的哀痛及肇事者的愧疚，說得淋淋漓漓，雙方才都滿意而認命了。大舌成唏噓又羨慕，望著議員先生名片上的一大堆頭銜，憧憬的盼望有朝一日也能嘗到仲裁者的權力滋味。

市場、店頭本為是非之地，大舌成生意略成，口袋有錢又死某未娶，就有多餘時間想急公好義，主動替人排解爭端。但說話的延宕，就產生有趣的結果：有些人被他的結巴逗得啼笑皆非，有些人則被他吃力的好意感動而火氣全消。也有人本來就已怒氣轟然，加進大舌成連話也說不清的來攪局，客氣點的把他推到一邊，兇狠的就讓他鼻青眼腫。

日子久了，大舌成終於練就一張誠意感人的嘴，年底調解委員的改選，他首度上榜了。

新官上任，開完會後大夥兒到海產店喝花酒，虛情假意的酒女對大舌成大灌迷湯，嗲聲討好的說：「尼桑，你是何方的大頭家？名片一張來熟識啦！」在座的調解委員，只有他沒有印名片，一時尷尬的說話又結巴起來。

這次的漏氣經驗，讓他體會到名片在社交上的重要。想起議員的名片上頭銜、住址、電話都有，於是拿定主意不能「三缺一」，立刻就展開行動。大舌成不再只是賣水果的粗俗小販，他也想有出人頭地的一天啊。

鄉下昂貴的電話裝機費，首先就讓他的儲蓄斷了兩根助骨，兒子就讀的小學要改建校門，良機不可失，他慷慨的捐來家長委員的名義。村裡的大廟要重建，出外鄉親爭相回來奉獻鉅額香火錢，大舌成覬覦廟裡老大的職位，雖然使出渾身解數的鑽謀，畢竟財力有限，暫時被列爲候補。最後又捐出了消防基金，得以榮任義警。大舌成一看時機差不多已成熟，就興匆匆來到善化的刻印鋪，實現夢寐以求的名位。

形形色色的目錄任他挑選，猶豫良久才好不容易下定決心，看中金黃底色，在光線下會生亮閃爍，左上角有個烏山頭水庫的風景畫。一大堆的頭銜，也費盡心思排列妥當。大舌成一口氣就說要印四盒，言明三天後交貨。

第二天下午，大舌成就藉口到善化訪友，順便來看進度。印鋪的老闆會心一笑：生頭胎的爸爸，都有不耐等的毛病；特地趕加班，約定晚上八點提前交貨。爲了打發漫長的幾個小時，大舌成到市場的切阿麵攤叫了一桌黑白切，硬要請別人喝酒。

當晚回到家裡已夜深，他包了點心，來到派出所，美其名是慰勞值勤警員的辛勞，卻刻意拿出剛出爐的社會成績單，這樣的說：「如有急事需要緊急支援，就打電話來啊！」

隔天一早，他特地拿張名片，交代要上學的兒子轉交給級任老師：吩咐的話題，當然是千篇一律。

大舌成在攤子或街上，也逢人就發一張。沒幾天的工夫就急電善化的印舖，馬上再多印幾盒！街坊於是繪聲繪影的傳出：「大舌成到處散名片，年底要競選村長哩！」

現任的村長，是位黑道人物。農村人才大量外流，留在家鄉的大多是老弱殘兵，每天忙著應付農事，那有閒工夫再去管別人的事？況且對方又是游手好閒的地方惡霸，也不想去得罪他；在無人競爭下，只有他自己家人及徒眾去投票，勉勉強強的當選了。當他聽到大舌成這個小丑要與他一決雌雄，不禁笑破肚皮，暗地交代手下嘍囉前往水果攤找碴白吃。

大舌成的村長夢，本來連想都沒想過，但一些好事者起鬨捧場，又使他有點飄飄欲仙。想到名片上的頭銜，都是配角，難登大雅，如果有村長的頭銜，那眞是這輩子的造化呀！

不過風聲放出去後，相繼發生了不少意外。小流氓來攤子白吃找麻煩；攤子打烊後，被拉了大便；家裡的鷄莫名其妙的死了；伊兒子說，屋前屋後常有陌生人在徘徊……。目露寒光的村長，更藉著村裡喪喜事的場合，故意讓他難堪的譏諷說：「一句話就啼了半天，還想做村長，做夢啦！」

說眞的，面對這些神經戰，大舌成垂頭喪氣，眞想打消念頭。但族內被管訓的鐵牛，刑滿被釋放回家鄉後，知道宗親的苦楚，挺身而出來幫忙，大舌成這才如魚得水，自覺行情又看漲了。村長的態度因爲有所顧忌，改善了許多。民情也鼓勵古意人要出頭。越接近年底，選戰的氣氛越濃厚，村長還把伊老爸那二分地上的成熟大南瓜，用牛車載運著，挨戶贈送呢。

在這緊要關頭，大舌成的母親爲了電話長期閒置過於浪費，把他數落了一陣。大舌成獨自在房裡思過，想到自從嬌妻死後，投身於虛名的波碌，經濟情況江河日下，已亮起紅燈，難怪憂思的老母會在這時候潑他冷水。

家裡剛裝電話之初，還新鮮派上場，而後就變成確定他是否在家的裝飾品。大舌成想到母親的讖言，也有她人生智慧的透徹，心想如果再競選村長，至少也要一、二十萬的花費，多年來的積蓄及某死的賠償金，將會完全耗盡。但名片上的頭銜，又那麼誘人，惹得他心猿意馬，舉棋不定。

爲了爭取未來的選票，東西不能賣貴，主婦嘴又甜，二、三句恭維的「村長成」！順手又多抓一把，賣出兩斤，被強迫贈獎了半斤，水果攤的獲利急遽下降，回家後，臉都綠了！媒婆看他行情看漲，也頻頻前來說親，讓他疲於應付。鐵牛則對外宣稱，是大舌成未來競選村長的總幹事，動輒二千、三千的交際費，像個無底洞……。

這夜，大舌成思前想後，再看農會的存款簿不禁怵然心驚的呆住了。然後，他從口袋拿出自己的名片，端詳了半天，喃喃自語著：

「調解委員、燒酒錢約參萬！

小學家長委員、校門樂捐參萬伍！

民防義警、寄付及交際約肆萬！

水果大批發、裝電話伍萬！」

寄付大廟的油香錢及要競選村長的預支花費，都還沒有包括在內呢！想到這裡，大舌成心內一陣翻騰，不敢相信的大聲說：

「這張名片：貞…貴…貴啊…開…去…拾…拾…拾幾萬啊?!」

黑皮倫的薪傳

日據時代，阿興是鄉裡大廟金獅團的拳腳教頭，一套猴拳打得神氣活現，勁道十足，修築過水溪橋，每戶人家出義務工，他扛水泥一趟就兩包，動輒打人的日本巡查，對他也要禮讓一番。

大戰末期，阿興被徵調到南洋當軍伕，乘坐的運兵船被炸沈在太平洋，人也失踪了！光復後，阿興嫂爲了生計，到臺糖的農場當採蔗工人，又苦等了五年，最後終於在絕望、貧窮的交迫下，再嫁給方死太太的農場管理員。

阿興嫂的嫁妝是一對雙胞胎的兒子，對方的前妻也留下一位兒子，婚後一年，他倆又擁有共同的女兒，這個家的兒女情長是剪不斷理還亂！時常，妳的兒子幫我們的女兒欺侮我的兒子，清官難斷家務事。

後來，又連續生了一對，才想到節育。這龐大的人口壓力，使這位爸爸的薪水到月中就尾聲了；但誰又能逃避晚上床笫的誘惑呢？

慢慢地，興嫂的兩位拖油瓶，家事做得最多，飯則吃得最少；喊別人爲爸爸，在學校卻得不到同學的尊重，只好用拳頭封住他人的恥笑，功課與操行都吃丙。回到家中，那位外省爸爸掛著老花眼鏡、泡茶、讀報、吟唱著殺鷄的腔調，天塌下來也不管，但是就看不慣這對兄弟倆的閒置，常支使他倆到糖廠撿拾蔗皮當薪柴。

糖廠的宿舍全是日式木板屋，房內隔間只是紙扇門的君子協定，晚上夫妻倆的情話愛語，都要蒙著棉被呢！有天仲夏深夜，榻榻米上正鬼哭神號，戰事慘烈。兄弟倆不約而同被驚醒，偷偷從門縫窺視，那還得了！弟弟向哥哥說：「外省爸爸在欺侮阿母，你看阿母趴在床上哀爸叫母……」哥哥向弟弟說：「不但打，也在罵，什麼操……」哥哥去找出一根棍子，弟弟把門打開，衝啊！

從此，兄弟倆被送回母親的娘家，勉強讀完小學，就前往臺南學做鐵工。長期在烈陽下工作，皮膚曬得烏黑發亮，哥哥狹黠，尙能學成藝，有一份安穩的工作。弟弟愛鬥狠，淌入江湖血淚的渾水，字號叫做黑皮倫！

日後，黑皮倫殺人、逃兵，刑滿回鄉已虛擲了六年光陰。在大海他是條小魚，游到江河卻雄霸一方，在故里抽地盤費、看霸王戲、茶室充當打手，在撞球間吃計分小姐的豆腐，魚肉鄉民，漸成氣候。

黑皮倫後來與府城的黑社會掛鉤，養批小嘍囉，開起賭場，頂了茶室，時常刀光劍影，殺傷許多敵人，本身也傷痕纍纍。

那時的日本影星小林旭正走紅，在地方已惡名的黑皮倫，就學著電影的情節，扛著吉他，穿件吊帶褲，走路三角身，動輒在廟口市場揮舞武士刀嚇人，僅一牆之隔的派出所也強龍不鬥地頭蛇。

後來黑皮倫在一次大規模的肅清流氓中，被送到火燒島解甲歸田。爲兄的黑皮炎半白半黑身分，做鐵工賺不到什麼錢，結婚時請三桌客人也湊不齊。人情勢利現實，眞有流不盡汩汩人的目屎！黑皮倫留下的茶室賭場，爲兄的也就順水推舟，義不容辭的承接下來，並且漸漸的發揚光大。因著酒色財氣的得意，還當上了村長，搖身一變成爲地方士紳。

黑皮倫從綠島深造回來，行情看漲，知名度更高，直接在府城立字頭，躍升爲黑社會縱貫線上的狠角色。

過去的魚肉鄉民，現在是造福同鄉，故里子弟來到臺南討生活，在火車站的角頭，只要說：「黑皮倫的同鄉」，開計程車的排班免了地盤費；有了委屈，也能討回公道來。名氣的光宗耀祖是不分青紅皀白的，地方父老津津樂道他在黑社會呼風喚雨的威力。

不幸的是，黑皮倫終於在酒家被仇家動用七、八位殺手，砍了二十幾刀，當場一命歸陰。這重大社會新聞，被報紙一渲染更爲轟動，在老家舉行喪禮時，各方民意代表痛失英才的輓聯爭相輝映，全省各角頭老大也鋪排了長串的花車樂隊，排場比地方首富的喪祭更爲豪奢。

伊久違的老母滿頭白髮，孤寂坐在靈堂發怔。一語不發的心碎，哭泣聲音已隱藏於深海地穸。

迫迌人的遺產，是一個與酒家女生的兒子，以及白包收入七八十萬和一大堆的江湖恩怨。黑皮倫被殺死了，聽說那酒家女還在臺西海線的地下酒家走攤呢。十二歲大的劍生，就被當村長的阿伯黑皮炎領養了。

黑皮炎的關係企業是新藝綜合體。劍生在這龍蛇混雜的環境長大，讀國中時菸癮已一日一包，畢業後，檳榔一天要三包。頭骨燙個爆炸頭，高腰的喇叭褲，假企鵝的T恤、腳下白布鞋、頸上金項鍊，每天同樣的打扮，在阿伯的茶室見習。有空就到賭場當「控八」跑跑腿，賺些零頭，然後就到理容院窮泡，日子不憂不懼卻隱諱一股潛在的殺傷力！

黑皮炎對自己兒子都管不了，對姪子當然也順其自然。自從劍生泡上當剃頭婆的小咪，生活步調就變了，阿伯給的零用錢，只是大人哄騙囝仔啦！他時常聽一些角頭哥鄭重的說：迫迌人要想大尾，就先要有經濟基礎，所以要想盡辦法弄錢！但憑他單薄勢力，兵都未當，充其量，只能做老大身旁的「虎仔」，想成名，被重用，就要拚命，當殺手，隨時替老大賣命或頂罪。

常來小咪的理容院捧場的大元，是善化一家棺材店的老闆，最近倒閉了，小咪的老闆也被倒了兩萬元的會錢。開債權會議時，大元特地搬出一副棺材，債權人一進門，先就怵目驚心。大元說不動產全被銀行抵押了，家裡値錢的東西，只剩下「大厝」，倉庫裡還有二十幾副呢，歡迎拍賣抵債……不用說，會很快就散了。

劍生沒事就來理容院喝茶，聽到老闆叫苦又叫罵，訴說大元避債的高招，他沈吟一會，就說：

「頭哟，你被倒的會錢，我負責討回，事成如何分帳？」

「阿生！你有法度嗎？錢不多，如果動刀動鐵，我就不想找麻煩！」

「沒問題，我單人匹馬，不帶兄弟及家私（註：傢伙）！」

「好喔！如果討有啦，攏總歸你去發落。」

隔天傍晚，劍生獨自來到大元的店裡。平時兩者只有點頭之交，但大元仍心虛的說：

「生大哟！罕行，……來坐啦……」

「大元，你倒小咪伊頭家的會錢，你打算如何？」

「生大，我不是故意啊，因爲替人連帶保證，受別人連累的……」

大元愁眉苦臉大大的訴苦一番，劍生耐性聽完後，只說：

「大元，你的話已經講完，最後，我只想知道你要如何還錢？」

「生大，請你原諒啦，錢沒法度，只有倉庫的大厝……」

大元暗地陰笑，你這乳臭未乾的小子，也替人討起債？我只怕你動武，如果用腦筋鬥嘴鼓，吃不到三日的青菜，就要成仙，早啦……

「好喔，大元你帶我去看大厝！」大元因劍生冷靜的態度，覺得不尋常，也不敢怠慢，就帶他到後面倉庫，故意不開日光燈，心想嚇嚇這個小子，不見棺材不流淚呢！只扭亮昏黃的燈泡，裡面橫陳各式各樣的棺材，生冷幽冥的陰森，令劍生不寒而慄，勉強鎮定下來，就選定一副赤紅的大棺木，約定明晨來提貨。

大元整夜失眠，心驚肉跳熬到天亮，在店頭暗置一把硬梆梆的木刀，以防萬一。清早，劍生開來一部馬達三輪車，大聲吆喝叫門，大元剛好在廁所裡，大吃一驚，心想莫非叫兄弟殺進來，昨天選定棺材，是向我示警，我……本來便秘，結果拉得屎尿一屁股了，就窩在裡頭不敢吭聲。劍生又大叫了幾聲，才由大元伊某出去開門回話。

原來劍生只是來提棺材抵債，隔牆有耳的大元，才定神拉起褲子，躡手躡腳走出來，在門縫一探，確定只有劍生一人，才放心假惺惺的出來，費了九牛二虎，把大厝抬上車，目送劍生駕著車揚長遠去，不禁狠狠罵著：

「欠債兩萬元，拿去兩萬七的大厝，幹伊娘，我倒貼七千呢！」

迎著仲夏的淸晨，劍生的心情緊張興奮。早晨的鄉間路上，來往人群已是絡繹不絕了，一早就看到朱紅的不祥物，內心難免嘀咕嫌忌，「眞是黑面祖師公，不請自己來！」

劍生把三輪車開往批發的大市場，那裡已是車水馬龍，熱鬧滾滾，他所到之處如王爺出巡，人車主動閃躲、迴避、肅靜。「眞倒楣，一早就見紅，誰家有人歸天啦？」人群紛紛議論著。

他不緩不急，把車停在出口處。下了車就在麵攤坐下，叫碗切阿麵，吃著愉快的早餐。棺材車就在旁邊，其餘的人皺著眉頭，兩三口就吃完麵，趕快走掉。漸漸的，周圍的氣氛蛻變爲鳥不語、花不香、人要生病了。

劍生吃麵時，斯文像個淑女，一口才呑下三條麵絲，吃得麵攤老闆暗唸：「阿彌陀佛……」吃完一碗，老闆鬆口氣，但劍生說：「再來一碗，眞好吃！」開飯店本來不怕大吃，麵攤老闆看這態勢卻心想不妙，如果他慢慢吃下去，我的生意只做他一人；一些老顧客都站得遠遠，不敢來光顧。眞假仙的棺材秀，常會弄假成眞的啊。

當劍生想吃第三碗時，老闆再也忍不住。請他不要再吃了。麵算是請客的，只要他趕緊起行。偷生提著用塑膠袋裝的第三碗麵，摸著已飽的肚子，滿意的把車開走了。他把車倒回市場內，故意的徘徊，後來索性熄了火，坐在車內若無其事抽著菸。這當然大大影響場內拍賣交易的情緒，衆人不免凝聚了一股怨尤的忿氣，最後管理員終於出面了：

「小兄弟，你卡緊把大厝送去事主那裡，不要停在這裡騷亂市場！」

「喔！你是啥米人？」

「我是市場管理員。」

「呀！我正想找你。」

「找我？有什麼指敎？」

「是這樣，棺材店倒我的會錢，我就提『大厝』來抵債，聽講大賣場什麼都拍賣，正好我找到你！」

「你……黑白來，趕緊駛出去，不要妨害市場的秩序，那無我叫警察來！」

劍生佯裝無法發動車子，大嚷著：

「慘啦！車歹去，發不起喔……」遠遠圍觀的菜販，都不敢過來碰，遑論來合力推車。僵局總要打開的，有錢能使鬼推磨，水果商和攤販合湊了三千元，總算把一個窮鬼無賴推走了。

這一天，劍生駛著棺木車到處閒逛，在工廠門口熄火，收費壹千；在店頭前熄火，生意好的，收費五百，生意差的，收費貳百五，理由一律是：車子剛好壞了，恰好也沒錢修理。

到了傍晚，劍生把車子停在公墓的路旁，用帆布蓋好，興匆匆到鎮上的銀樓，然後才到小咪的理容院。一踏進門，老闆劈頭就說：

「劍生大俠！讚，有頭殼！！」

「頭喲，是怎樣讚？」

「阿生，免假啦，你今天做眞假仙，憑著一副大厝走遍天下，比你老爸靠拳頭憨勇卡有智識……」

劍生方知，他今天營生的法術，已在全鄉傳開，店裡的理髮小姐鶯聲燕語起鬨阿生的作爲，劍生拿出一條玉墜子項鍊，用情細心的掛在小咪的脖子上，又拿了兩張大鈔要擦皮鞋的小弟去買些點心回來請客。這時大門被推開了，閃進來兩位警察，喊著：

「王劍生！」

一番掙扎後，劍生被帶走了。小咪滿臉無助，剎那間，雙眼盈著熱淚，一滴滴落下來，沾濕了頸上的玉墜子。

——民國七十五年二月十五、十六日中國時報人間副刊

陰間響馬

死亡最公平

美與醜，在地下，

都是一張破碎的臉。

「美國仔！情報實在喔？」

「缺嘴的！二角（註：仟）報馬錢，有代價，土公佬的話，樣仔（註：芒果）不是在叢黃，穩啦。」

「我看你們兩位吃西瓜半暝反症，這門大厝打桶一個連月，內底已經生蟲發菇，我無這款死人膽去拚……」

拖窗的即時潑著冷水，逕自從火鍋剛好挾起一串豬腸，潛意識令他噁心又置回滾湯裡。美國仔不吃菜，只猛喝米酒，雙眼逐漸佈滿血絲。缺嘴的繃緊臉，內斂沈思，腳抖個不停，嘴巴卻忙著，一口肉配一口湯。

外頭深秋的新竹風，吹得大地渾沌，太陽提早下山，紅毛在客廳與廚房忙進忙出，照顧男人的肚皮，她永遠是職業性聽眾，捻香跟著拜的角色。

天色暗下來，紅毛從容打亮燈火，缺嘴的，從冥思中明朗展顏的說：

「拖窗的，拿農民曆，看日！」

陰霾、沈悶的氣氛，頓然有所期待而緊張，美國仔赤紅臉色，噴張瞪大眼睛，紅毛也停止走動屏息等著，在座，只有拖窗的不是文盲，他先天性斜眼的毛病，看書的姿勢就像關公燃燭夜讀春秋。

不久，拖窗的如宣讀聖旨般權威，琅琅的說：

「今暝歲德合日、吉。明天日值月破，大兇！」

缺嘴的聽完後，毫不猶豫站起來，合掌、吟唱：

「牲禮祭送，土地公走！」

其他三人遵從行規順口附和的說：

「洗骨積善，金斗添財。」

拖窗的滿腹不願意，但領頭口訣已咒，他不敢觸大家霉頭，只有噤口孤寂。美國仔跳下椅子，走進浴室，用冷水洗臉清醒，隨後紅毛跟著進來，低聲問著：

「眞正陪葬有壹佰多萬啊？」

美國仔順手把門關上，色急抓高紅毛的裙子，拉下自己褲襠的拉鏈，一句話也不說，哈氣酒騷，硬上。

時間變得珍貴，在客廳裡的缺嘴與拖窗，各自忙那準備工具裝備，他們心裡有數，這是數年來盜墓生涯所碰到最大、最危險的買賣，也只有今晚下手，否則到了後天，棺壙開始灌漿，砌磚牆，這座大農藥廠頭家的母親新墳，有防止劫棺的設計。當然膽大心細的人，天下無難事；而膽小者，見錢就膽大包天。

車子深入公墓亂塚裡，尋個岔路，調好下山的車頭，悄然熄火了，缺嘴與美國仔輕裝下車，如夜襲的摸哨兵，無聲無息隱入夜色。

等待總是無聊，拖窗菸癮奇大，被交代不能點菸，因曠野火種，格外明亮矚目，他只好以囉嗦來解悶：

「紅毛啊，妳頂面吃，下面也吃，肥咄咄……上場打扮變成大元（註：胖）鬼，是驚（註：嚇）不倒外人。」

紅毛把話及氣吞下去，從口袋摸出瓜子，嗑著無言抗議，拖窗意猶未盡，又說：

「嗯……受（註：生）氣喔？故事書上的女鬼，是消瘦、輕浮，妳壹粒像肉球，被人看到，就愛笑啦！莫非孤魂好命天天呷大菜。」這席話，迸出拖窗積鬱的憤恨，紅毛昔日與他是牽亡歌劇團的同事，走唱遍及全省喪事場，一起睡過覺，則為平常。但是投靠於缺嘴的盜墓集團後，紅毛就愛上美國仔，移情別戀了。

如果說紅毛虛花下賤，這是不公平的，因為誰也受不了，與拖窗面對面親嘴或更進一步時，他那對怪異斜眼所給人的錯覺，似乎被他不屑一顧的玩弄著。

紅毛想圖個耳根清淨，她拿出假髮道具，妝扮成猙獰可怖的女鬼，拖窗明知是假的，腳底仍冷瑟起來，他怯弱閉口、闔眼、假寐。

過了半個時辰，夜寂，有咳嗽聲，拖窗迅然醒來，打開車門，美國仔首先閃入，劈頭扯掉紅毛面具，罵著：

「幹，愛做鬼，免驚無……」

缺嘴隨後也進來，坐定後，喃喃自語：

「喪家是巷子裡——內行，請有顧墓的工人，難下手……太可惜，墓厝做海口泉州式，大厝浮在地面，免用大繩，眞省力……可惜……」

原本一股熱勁，洩氣、凋萎得心急，下弦月疾行於斷續的雲層，風嗚似深篤的戰鼓。膽小者的情結，凡事不乾脆，恭維的說法，就是難纏，大家想打退堂鼓，只有拖窗說，再去碰運氣吧！當然是別人去。

缺嘴的喝口米酒，額頭泌出汗，拉著美國仔又外出，一路鬼祟潛行，來到方才的據點，奇蹟式，新墳工地已無人跡。他倆手心濕滑，睜大再睜大眼珠，慢慢爬行靠近，前進左右巡視過，美國仔躍上一座墳頭高點，不久，跳下來，興奮的說：

「眞是鷄屎運，風大，顧墓的跑去山腳的土地廟睏。」

缺嘴的沈吟望著方位，掃著興說：

「免歡喜，土地廟位在風尾，只要棺材打開，五香味順風而下，顧墓的馬上知覺打鑼喊賊……」

兩人再度失望回程，頹喪上車後，拖窗的乏力推進一擋，車子知趣不再逗留，轉過斜坡，紅毛搖下車窗，撒出冥紙，缺嘴的突然煞車，喊著：

「大家虎鼻獅，是什麼味……」

在座同時作深呼吸，相同噁心欲吐，美國仔跳下車，在亂墳間爬上爬下，東張西望，片刻、又鑽入車內，叫缺嘴的調車回頭。

夜深，對面山腰的農藥廠，高聳煙囪開始噴出陣陣刺鼻的廢氣，隨風而來籠罩整個墓場。

❀

紅毛一身素白，披上長髮，滿臉塗白，舌頭貼長紅紙，把風在岔路口。拖窗的臨行時，從她的口袋搜走半包瓜子，嘀咕著：「貪吃查某（註：女人），無情義，有嘴沒心！」美國仔心裡有數，提著工具箱低頭就走，缺嘴的推拖窗一把，說著：

「現此時開始，閒話吞肚，氣魄展出，全心拆厝！」

三個男人，留下女人把關，沿著夾道花園花環迤邐了數百公尺的路徑，來到新墳墓地，現場排放成堆的水泥及石灰，還有一立方沙土，棺壙上架著帆布，在強風中，上下起伏如失靈的飛行魔毯，令人悚然的棺木，肅穆、天命，似乎已嚴陣以待。

美國仔放下工具箱，山貓般敏捷躍上水泥堆警戒，拖窗的謹慎地從袋子拿出牲禮，向著北斗星位放下，熟練燃香，低頭就拜，唸完禱詞，香頭插地。又從袋子拿出毛筆，沾著朱砂，擺出金雞獨立姿勢，對準棺木頭，凌空畫符，律令：「魂帛已安，見光眞陽！」

缺嘴的拿出兩把大手鑽，遞隻給拖窗的，兩人分站棺材兩側，開始打洞，拖窗的很不放心說：

「細字（註：小心），慢慢鑽，雖然下葬時有放栓，但是厝內毒氣仍飽飽……」

空氣充斥著酸性煙霧，越來越濃，兩人道貌岸然打好洞時，默契數著：「一、二、三、拔開！」各人拔出手鑽，忘命地閃到遠處背風的地方。

月光下，縷縷青煙夾著血水從鑽孔一鼓作氣噴出，屍臭的淩厲，迅速擴散與化學廢氣融合，站在高處的美國仔，彷若中彈式，一頭栽進背風的沙堆。

過了一刻鐘，鑽孔的聲息微弱，拖窗的提包石灰，戴上口罩，以百米速度衝出，往血污地遍灑，缺嘴的接力相互頂替，直到滿地如霜夜初雪，兩人喘氣流汗方爲歇息。

美國仔全副武裝走近棺木，這次內心眞的害怕，以前一向乾洗，面對已風化枯骨，如掌中玩物。但是濕洗的挑戰，那生蛆血肉的魑魅，令人毛骨悚然。山地血統的他，年輕時是華西街的殺手，那時買仇人一隻手才伍萬元，兇狠的他，總是銀貨兩訖交出一隻斷手給買主。而後被抓去管訓時，目不識字的他，只略懂些臺語，至於職訓教官的國語，更是鴨子聽雷，所以綽號叫響美國仔！

出獄後，來到瑞芳挖煤礦，終日黑天暗地討生活，有錢就喝酒，酒性起，一定要女人。生命失去前程，就像越戰末期沮喪的美軍，隨時會化灰成泥，只好及時行樂。

有次礦坑落盤，死了三、四十人，美國仔頑強生命力，令他在充滿瓦斯及高溫的坑道裡，用雙手扒個氣洞，面對死亡陰影，於不見五指的黑暗裡，摸著一具具因高溫馬上凸肚腐臭的屍體，尋找水壺，熬過三天，才被救出。

命是撿回來，又練出不怕死人的本事，不想再入煤坑，就到殯儀館當洗屍工，人有前科，諸事有麻煩，凡館內發生的喪家衣物被偷，祭品被吃，美國仔總是被調查的頭名。沒有八字命當好人，乾脆當活閻羅，就被缺嘴的拉攏走了。

❀

拖窗與缺嘴分別持著鐵鎚及尖椎，技巧地把棺釘截斷，一聲用力，把棺材板徐徐移開，美國仔提桶福馬林往棺內傾倒，每次在這緊要關頭，他總想到勞軍時的新疆舞，「掀起妳的蓋頭來，讓我看看妳的眉……」想把恐懼戲謔成笑娛。

美國仔頭上的開煤燈，集光照進棺內，他不由得往後退，此時，缺嘴的拿瓶米酒上前，美國仔轉過頭來，拉下口罩，一口氣灌下半瓶，拉上口罩，剩餘半瓶倒在他手上的水桶，再次再對現實。棺內除了頭髮、牙齒不變，已暴裂的屍體，爬滿千頭萬鑽蛆蟲，彷如忙進忙出的大蜂巢。美國仔微醉的神色，眼中冒出金星……金項鍊……金戒指……金……

風濤、夜鴞叫，遠處偶爾的火車隆隆，這些天籟迴響，完全隔絕於拖窗的聽覺，他只清晰監聽美國仔置在水桶的噗通。

相同，缺嘴目炯注視美國仔每個動作，盜墓帶給他在家鄉擁有樓房、老婆、孩子，但是憤世人生觀，仍使他不想歇手。他初到這個世界，上天已虧待他，在貧窮的臺西海線，殘面兔唇，家窮身弱，能有未來的希望嗎？幼時在亂墳間放牛，看多人間喪葬，自己想了又想，唯有死人不會頂嘴，不會反抗，他從幫土公拾骨當起助手開始，從此熟習全省的墳地，死是最公平，美與醜，在地下，都是一張破碎的臉。

美國仔終於把屍體從頭到腳審視剝理完畢，提著沈重的水桶退後，他放下水桶，雙手往沙堆揷入，搓揉一番，拔出彎腰，以腳尖踩住手套，挺腰站立，就脫掉手套，又迅速解下頭燈雨衣，隔著口罩，向缺嘴的說：

「金銀交你，我去找紅毛……」

人就離開。

缺嘴與拖窗幾乎同時拿起水桶，私心使區區個水桶變得百斤重，需要兩位大男人合力來抬。拖窗急躁的說：

「趕緊整理現場後，來酸（註：離開）！」

缺嘴慢條斯理的回答：

「我看你是吃紅毛的醋，卡認份喲，那無美國仔的死膽，代誌有這樣順利喔！美國仔的毛病，有酒就要查某，那無比死卡甘苦，而且紅毛也願意，至少讓伊爽一下。」

「哎哎……收好就來酸（跑），拖延早慢有事故，紅毛原本是我的人，隆是你好牽成。」

「幹，卡細聲，好牽成？你拖窗以前是壹元溜溜的羅漢腳，那無我，你今日銀行有七、八拾萬的存錢！」

被挑中要害的拖窗不再頂嘴，只是趁整理現場時狠踩美國仔棄置的雨衣。

❀

美國仔抹著花露水輕鬆地赴約，路上橫陳被強風吹倒的竹架花圈，閃避傾費神，來到岔路，正想吹口哨喚出紅毛，卻被前面景象傻了眼，急忙躲到草叢，方定神，背部一陣溫熱，是熟習女體的親近，他轉身環抱，紅毛已解下道具，只是白臉仍顯得淒冷。

「安整（註：怎樣）！收成……」

「肥啦！金銀玉物半腳桶，幹……前面是什麼……」

「三隻水牛喔，二、三位偷牛賊被我驚得褲底壹包，跑了！」

美國仔本來話就不多，使勁推倒紅毛，粗魯地辦正事。原始慾望令他倆忽視荒野隨時潛伏的危機。喘息、呻吟，盡興，紅毛激情恍惚的眼神，只感覺一團黑影迎面流逝，美國仔鼻濁嗯聲後，全身加重垂頭趴在紅毛身上，腥熱黏液流滿她的胸前。

不遠岔路口，雜遝牛蹄夾著急促腳步由近而遠，還丟下一句話，「幹妳娘，討契兄驚人知，假鬼驚死人！」紅毛頓時全身起疙瘩，哀絕慘叫出聲，劃破夜空，這次鬼叫伴得最傳神。

聞聲趕來的拖窗與缺嘴，在途中拉住狂奔披頭散髮的紅毛，蹣跚般虛脫又走回出事地，拖窗的蹲下來，手探美國仔的鼻息，澆薄的說：「去蘇州賣鴨蛋！」

三個活人，首次害怕一位死人，跌跌撞撞奔至車子，冷血的缺嘴也失常捅了三、四次鎖孔，才把車門打開，坐在駕駛座，低聲唸著：「安靜……安靜……」拖窗只是死命抱住藏金的水桶，紅毛手上還捻著自己的內褲。

車子搖晃脫離墳間小徑的索命，轉入省道，在黑漆恐怖中奔馳。這時，紅毛才放聲大哭，嚎啕喊著美國仔，拖窗的雖心有餘悸，但彷彿去掉長久的慾氣，幸災樂禍的說：

「做鬼也得風流，紅毛免哭啦！妳這雙破鞋，我還是願意穿，決定洗手封山，妳我結伴再去唱牽亡歌……」

缺嘴的從後視鏡看清紅毛的神色，抹白鬼臉濺滿血跡，癡滯雙眼抛撇生息，扮鬼的氣質栩栩逼眞，他不禁抽口冷氣，更小心握緊方向盤。

拖窗的乘勝追擊，又說：

「出了命案，兇手是偷牛賊，警察一查，紅毛妳麻煩眞多，我與缺嘴又不能出面作證，一出面，代誌（註：事情）就出破……」

紅毛擦掉臉上的血污，澎湃的思潮，令她不知所措。這輩子，一直是男人的玩物，童貞被歌仔戲的團主奪走，那時臺上演苦旦，臺下命更苦，當了沒名沒分的黑市夫人，直到團主中風在床，她也被元配掃地出門，淪落到牽亡歌劇團，有錢就吃掉或賭掉，只要她看順眼的男人，就可上床。她的記憶，男人只興趣歡愛肉慾，從未設想長遠的歸宿。

她敏感的想著，美國仔死了，拖窗的是不可靠毒蛇，才說要娶她，又馬上反悔要她去認罪。滿腹苦衷不平，乾脆到陰司求平靜，鄉愿式的殉情油然而生，冷不防、紅毛撲向缺嘴的，大吼著：

「大家鬥陣（註：一起）來與美國仔作伴……」

車內，三人短促的打鬥掙扎，車子馬上偏離中心線，與迎面而來風馳電掣的大卡車結實撞著。

隔天，沮喪憤怒的陳董事長，在家族的簇擁，目睹遭到洗劫的亡母新墳，他頂著大太陽，以手帕掩鼻，望著遠方自家工廠的大煙囱，心想：

「難道工廠的廢氣，會比死人味來得臭嗎？」

那根所有權

暗夜裡，
就著外頭路燈的餘光，
進行著一場感情的延宕。

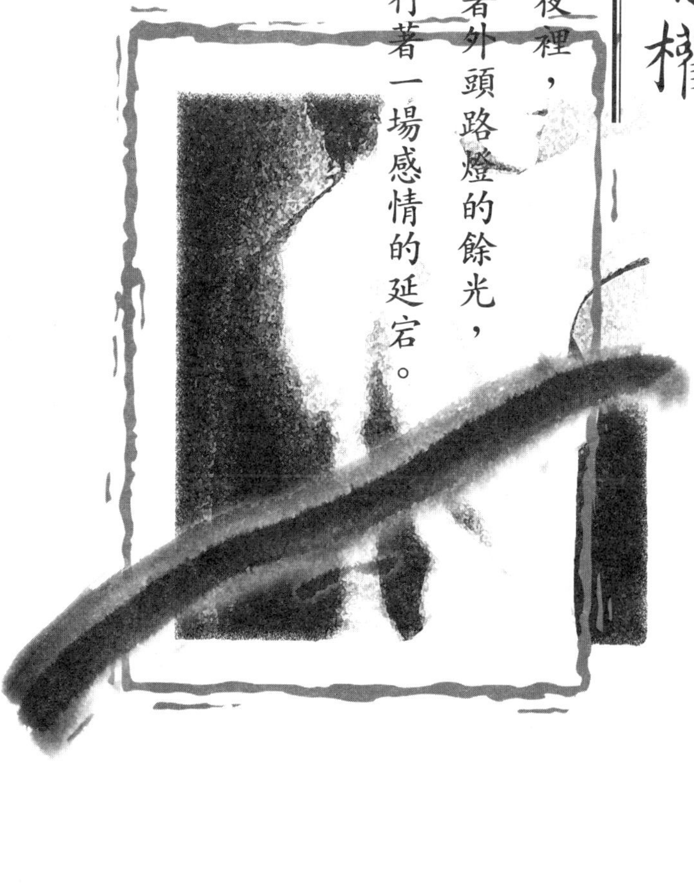

閹鷄習慣抽掉半包菸，喝下二杯濃茶，在搖椅沈思假寐，清澹了情慾、簡靜躺在床上，一會兒，就輕輕打鼾。他枕旁的元配，七年來一直是那樣的睡姿，側著臉往窗戶旁，左手置於下腹、右手抱緊胸前，一隅不可侵犯的凜然，板著臉孔進入夢鄉。

時常，她半夜醒來，發現已睡熟的先生，橫陳她的領域，就氣嘔推開他，愀然的到浴室洗淨手。

這間臥房，這對夫妻在此履行同居義務，已有二十幾年，曾是恩愛如膠如漆，也是生了二男一女的古戰場，如今，心灰意懶的主人忞縱田園的荒蕪，各自惆悵。

✿

閹鷄是位於民族路賣鷄肉飯的攤販，早上十點開張、晚上八點打烊，一天有四百碗以上的業績；他梳理亮淨的頭髮，潔白的汗衫、漿挺的圍裙，嘹亮的招客聲；而鮮美的火鷄肉、爽口脆蘿蔔、晶瑩QQ的西螺米，豐腴魚骨味噌湯，令人聞香下馬、有口皆碑。

歲數已邁入中年，但手腳仍敏捷，每日生龍活虎般的紮實掙錢，而他安分規律的生活，加上太太精明的理財，已有兩幢樓房的財富，兒女都受了高等教育。

他唯一的嗜好、是收攤後的馬殺鷄，因長期佇立所引起腰痠背痛的勞累，而適時鬆弛的調劑，舒爽的任由抓龍師父擺佈，彷若行家的他，抓起鷄來，從頭一按、鷄肋一摸、腿部一捏，就分辨出肉質的策略；雖然馬殺鷄由瞎子的專利而演變成妙齡小姐的重見光明，但閹鷄仍固執眞功夫的質樸。

❀

這年，區運在臺南舉行，又是市長新上任，民族路就被締造爲喧天的不夜城；於閹鷄攤子的對面，又增添賣肉粽的月里，她守寡了二年，爲生活，帶著唯一的女兒，由鄉下來此謀生，費了一番心力才頂下這黃金地段；她平庸的姿色，但高䠷身材、豐姿綽約著少婦的圓熟，一擺攤、就引起附近黑狗的騷動。

月里幹活時穿著低胸的T恤，兩顆渾圓的大粽子，一彎腰，藩籬就關不住春光，生意也就坐無虛席，而豬哥標們異常的謙順，達禮的爭相讓位給婦孺，因爲居高臨下，喔！美麗的大好河山。

爲了支付昂貴的地盤費，月里白天賣肉粽，晚上也擺三個小時的地攤，賣著化妝用品的水貨，而光顧者卻充數著奧吉桑及少年家。自從傳誦阿宏的養眼事件後，每當月里穿裙子的時候，生意就特別興隆。

那天，月里蹲在地攤上幫阿宏挑選女朋友的生日禮物，而兩腿無意的一張一閉，所展露褲底的風光，令阿宏瞪大眼睛，喘著氣、答非所問的傻愣，本來才參佰元的預算，因一時不好意思的站起、尷尬手壓勃舉的褲襠，鈔票似流水散光了。

運氣要來、擋也擋不住，財神爺眷顧了月里，她白天的彎腰、晚上的蹲下，就有太多的登徒子，乖乖孝敬著銀兩。

❀

兩個攤子僅一街之隔，生意就互有往來，這邊的顧客、須求對面的口味，也就彼此照應、義務的支援，由點頭的陌生到客氣的寒暄，日子久了，熟稔著出外人凝聚的惺惜。閹鷄常去的按摩院，就在月里租房子的附近，每次他按了摩，已是夜深，滿面春風於回家順道，總看到月里揮汗如雨蒸煮一大鍋的肉粽，無心的憐惜、有意的親近，由進去喝杯茶的含蓄，進展到幫她炒粽料的殷勤。而在家是太上皇，於戀愛中、卻是情人的狗奴才；因夏日風情、薄衫下若隱若現，令人窒息；而冬日暖暖的體溫、引人遐思。

這天、閹鷄如昔來到月里家小坐，應聲開門則是月里七歲大的女兒，他怔然客廳兼廚房的冷清，莫非明天不做生意的疑惑。從浴室走出來的月里，夏天睡衣、一覽無遺少婦的妍媚，她柔情的說，明日是亡夫做新忌，必須返鄉祭拜，順便省親公婆，所以白天想休業。

想睏的女兒，打著哈欠就睡著了，月里拿著椅凳墊腳收存生財器具於小閣樓的儲藏室，露出雪白的大腿、淫蕩著妖冶；閹鷄按不住衝動，撲上前，抱緊了月里，她踉蹌跌進閹鷄的懷裡，想反抗、又怕吵醒已懂事的女兒，況且這違章建築，一呼百諾的方便及不方便，顧及體面，也耿耿閹鷄平時的恩情，最重要、守寡兩年來性的渴切，半推半就下，尚要捻熄燈，藉外頭路燈的餘光，進行一場情慾的延宕。

事後，閹鷄向她下跪告饒，一時唐突、也是蓄念的愛慕，願意負起責任，一晚能談的時間有限，磨蹭至凌晨，閹鷄似小偷窺探隔鄰方靜，才鬼祟從門縫溜走了。

隔天，月里帶著女兒返鄉，刻意繞經閹鷄的攤子，望見一夜夫妻的他，就飛霞羞紅的脈脈，惹得閹鷄整日失了魂，心思恍惚，盛飯失了準頭，分享多給了顧客，最後結算，誤差了二十幾碗的分量。

這段孽情，維持了半年，閹鷄打烊後藉口馬殺鷄的消遣滯留至凌晨的遲歸，但他一向信用鼎實，況且按摩院清一色瞎子的抓龍師，他的太太就放了一百個心；只是半夜太太起興的要求，他總推辭太累或力不從心，的確他於月里狼虎之年的旦伐，已是枯衰透支。但是福氣得太太時常的山海食補，本身赤腳仙指導事前的藥補，而月里辦完事後的熱牛奶，三補的共同心願，要他重振床上的雄赳。

衆多黑狗覬覦的醋意，燃起眼紅的妒火，惡言中傷的誹謗，迅速在攤販群傳開。閹鷄太太早已知悉先生偶爾幫月里的小忙，本是惻隱之心，同情寡婦養家的無助辛勞，而不予在意；但街坊繪聲繪影的轟動，令她動搖了信心，同時納悶長久調養的先生，未有佳績的回饋，而三更半夜回家的行徑，令她起疑，就佈下眼線，決心查個明瞭。

這晚，閹鷄與月里才進行第一回合，縱情於歡愛的迤邐，尖銳的門鈴夾著管區警察的叫門聲，令他倆惶遽大驚失色，匆匆穿上衣服、正襟危座的備戰，幸虧當晚燈火未管制，爐灶蒸煮著肉粽、床上還有熟睡的小孩，沒有實際的證據，一行捉姦人馬落了空。

但摔於床沿胸罩的曖昧，露出了破綻，閹鷄太太敏銳女人的直覺，頓時火爆的忿怒，作賊心虛的閹鷄慴伏啞口，但月里掙於三餐的歷練、非省油的燈，也不甘示弱的頂嘴。

兩位女人、爲爭奪那根的所有權，口不擇言，任何粗話都出籠，罵得里長、警察先生都不好意思聽下去，門口簇擁圍觀的人群，還有賴冬防義警來疏通勸離。

風波方興未艾，閹鷄在銀行上班的女兒，鑑於家和萬事興、及維護家門的聲譽，速戰速決，付了拾萬元的遮羞費給月里，從此肉粽攤歇業，人也搬走了。

閹鷄名副其實的被閹，白天鷄肉飯照賣，只是神色憔悴了，晚上不再去抓龍，因爲他已是那條街議論的西門慶，日子富庶著有魚有肉，但是就提不起勁來。

夫妻間冷戰一段時日，有天半夜，近五十歲的閹鷄，水庫太滿，自然洩洪，似發育期少年家的夢遺，慚怍向太太娓娓求歡，但遭到她夾緊雙腿、冷冷的拒絕，再三懇求、也無動於衷。慾火難消的閹鷄，就色膽強上了，費勁拉下她的胸罩，乘勝又剝下三角褲，她卻趁虛又扣好了胸罩，當又把胸罩拉下時，內褲又齟齬的穿上；一脫一穿、火拼的煽情，閹鷄喘著氣、手腳並用總算剝光太太的衣服，臨陣卻陽萎，懊喪收了兵，索然到客廳抽著悶菸。

一向爽朗倔強的銀花，賭氣與先生一場的勃谿，精疲力盡的飲泣，這一生一世的棲宿，豈能天下爲公的慷慨，徒然嫁伊二十幾年，什麼苦都忍受了，只是她對伊的貞節，相對伊也要對她忠實；對面林婦產的先生娘，所提供的情報，狐狸精有白帶症，半個月前才去治療打針，想到此，噁心欲作嘔，詛咒著：

「凸肚短命！眞是熟香蕉，從頭爛起！」

✽

隔陽失調和，閹鷄家的小孩，覺得雙親不再親和；銀花白天仍隨著夫婿在攤上忙碌，晚上又要張羅明日的備料，勞累一天、洗了澡、倦意入房就寢，深鎖整夜緘默的陰霾。昔日維持一星期一、二次的歡媾，雖臃腫的身軀，但平時的勞動，仍結實彈韻，舊港繁華如斯，每當閹鷄弄得她死去活來，於緊要關頭、趁機勒索零用金的加薪，事後，她總是後悔方才的承諾，因當時刻骨鏤心的渴切，天塌下來、也不在乎，何況富有的她？這一切已支離破碎、含恨著流變。

對街改賣了土托魚庚，閹鷄唏噓這白雲蒼狗的無奈，傷感曾是偷情的纏綿，於月里豐滿肉體找回青春的緬念，在萬紫千紅的花圃、繽紛仲夏之夢；他胸有成竹哄著月里，等生米煮熟飯，會向銀花要求迎娶妳入門，家裡不缺兩雙筷子，更會疼愛乖巧的拖油瓶，何況妳尚能自立更生。但月里宿命色彩的悲情，亡夫才死了兩年、鄉下輿論不會諒解，而且肚子大了才入門，傳出會更難聽，貞節牌坊的企立，是歲月投資，而毀掉它，只要片刻的諷嘲。

那時閹鷄節省馬殺鷄的費用，每個月萬把元，就給月里貼補家用。相對、按摩院少個好客人，老闆娘也是瞎子，特地摸索來到攤子，光顧鷄肉飯，藉故與銀花搭訕，說頭家最近不來抓龍。據線民的報告、閹鷄每夜仍在附近出入，而那條街只有她這間按摩院及另家查某間，莫非頭家捨棄隔靴搔癢的養生，換了口味眞刀實彈的肉搏；銀花這才恍然大悟，眞是七月鴨子的懵懂，案子就水落石出。

銀花追悔事情的歷歷，越想越氣恨，讓狐狸精賺爽，又得付錢討人，眞是……氣死我……一個月下來，碗破了近四打，伊讀藥專的小兒子關切的叮嚀：

「阿母可能高血壓，手腳頻發抖，要趕緊看醫生。」

❀

僵局難啓，床笫陌路，兩人熬過轉型期，漸漸習慣了，時光悠悠、情慾似棄於屋角的破桶生銹掛上蜘蛛網，妥協沈寂了。

閹鷄索性固定時日到旅社狎妓，銀花經鄰居的推薦，找到精神寄託，承領接引師的明闢，點通回歸理天老母娘之路，宣誓入聖道門，持齊誦經、導人行善、宣化度衆。但因賣鷄肉飯是家計營收，銀花暫時吃早齋，初一、十五才吃全日齋，聊表好生之德贖罪的修持。

華興旅舍四樓的服務生，一有新小姐，就藉口捧場鷄肉飯，暗地傳遞芳艷，閹鷄以金錢交易解決生理需求，於一番縱淫，總缺憾缺少性靈的彌勁。日子淡淡清平，銀花弘揚聖道的傳教，由試探選擇到熱衷的廢寢忘食，每晚趕場道門的聚會，時常遠征市郊及附近縣市至三更半夜，偶爾南北道親大串連，就詭祕失踪二、三天。

攤子的工作，請了奧巴桑來幫忙，忍氣吞聲的閹鷄，忌諱是神明的事業，只好自求多福，不予干涉；晚上備料的斟酌，因爲鷄肉剁理、湯頭打底，需要經驗的調遞，奧巴桑是生手，幾十年的招牌，總要珍惜，不再享清福的閹鷄、汗流得似落湯鷄。

銀花的醋勁不因修道而收斂，畢竟「吃齋吃到肚臍」，先生有前科，家賊最難防，眼裡容不了一顆沙。所以奧巴桑流動率很高，後來僱傭的定律——越醜越好、勤快其次，而笨拙的助手，令閹鷄忙亂叫苦，興起報復的心態，就讓醜人來作怪吧。

閹鷄曾試勸在銀行當臨時僱員的女兒，辭掉中看不中用的工作來接替母親的怠工，但上班族漂亮衣飾、高尚環境，令時下年輕人捨棄高薪的粗活，閹鷄只是惋惜這月入數十萬的黃金攤，淨利非常可觀。而二個兒子尚在唸書，想勸他們棄文從煮，職業的不體面，令他猶豫，社會畢竟士農工商。

❀

年而復始、閹鷄勤走夜路碰到鬼了，那根腫痛走路像鴨子，暗自到泌尿科打針吃藥，暫時清心寡慾。銀花修行進級至全日齋，以塵世將毀滅、闡述永脫生死苦海的瑤池皈盤，力勸閹鷄不要再殺生葷腥，清明本性、改賣素食菜飯。此說卻引起家庭革命的嘩然，尤其二位在學的不孝兒，直諫母親走火入魔的迷信惑言；銀花清高得孤寂，只能向道親委屈傾訴心路歷程，家人激烈的反對，更堅定她磐石般的信仰，解釋為神的考驗。

閹鷄經過長期蟄伏、又復活了，太太的同床異夢，狎妓怕又染上惡疾，最保險、還是有個姘頭，月里呀！妳在何方？繼位第十八任的奧巴桑，有兩個意外，不老才三十五歲，離婚、是個啞吧，與閹鷄並肩工作了兩個多月，雖然身材乾癟弱小、胸部是大平原，但溫婉勤作、和悅笑容，於彼此關切的眼神，默契情愫、似酒糟酵母的催化。

這晚，女主人傳道去，家裡兒女各有約會上街了。在廚房、啞吧挽起袖子清洗鷄肉的血污，閹鷄望她瘦扁的臀部，不似銀花抖動的肉海，如孤梅、在嚴冬，清新也撲鼻；閹鷄曖昧親切，大膽搭著她的肩，啞吧馴良似寵物，受鼓勵的閹鷄、又攬緊她的腰，啞吧錯愕睜大眼睛，一觸即發的相融，在廚房的椅凳、燃起熾熱的慾之火。

閹鷄膩於應召女的寬鬆痲木，而接觸啞吧瘦小身子緊迫的坑道，則興奮激濺陣陣的高潮；得到慰藉滿足的啞吧，更是手舞腳動扭曲著呻吟，似上吊者垂死的掙扎、咿啞迸出心底的發軔。閹鷄於射出的霎時，痙攣踢翻桌上整盤的菜肴，事後、他倆靦覥忙著清洗沾上泥塵汗水的鷄肉。

從此、閹鷄勤練手語，啞吧的床底功夫隨著薪資增加而精進，凱撒大帝的忠僕就是啞吧、沒有口風的顧忌，這季春夢、多愜意！

❀

到了炎夏、啞吧常手按著肚子，閹鷄體貼的趕緊買瓶胃藥讓她服用；而啞吧是文盲，有口又難言，醞釀了潛在危機。這晚，啞吧在潮濕的廚房暈眩跌倒了，下部馬上大量出血，銀花才要出門，聞聲回頭一看，就曉得是流產，急忙送往婦產科；謝天謝地！否則突然冒個小閹鷄，到時不是金錢能解決的。

閹鷄的女兒，請來啓聰學校的手語老師，翻譯兼和事佬，捌萬元的營養費，啞吧就辭職了。銀花慶幸因平日修德的澤福，是天譴孽種的乖張，但口德還是差了：

「凸肚短命，你餓得連死老鼠也吞下去，啞吧又乾又瘦，那點令你中意，眞是青香蕉，勤摸、就熟了。」

❀

閹鷄家兒女百思莫解的輕視，阿爸越老越風流的闖禍，像大目鱸餓不擇食，魚蝦大小通吃；接踵邂逅的夢魘，似三月天曬棉被，雨來就收的狼狽，令閹鷄沮喪；而辛苦掙錢發了財，生活優渥，但日子像太監、有名無實，苦悶的以酒消愁，喝了兩天、就煞住，因血壓高、危險，酒後亂性、更糟。

閹鷄表面昧於男性虛僞的自尊，內心卻希冀太太能解禁不人道的荒謬，但銀花宗教的癡狂已達到登峰，床頭置放聖道經書，睡前還朗誦一番；有天，閹鷄忐忑翻閱地獄遊記，不由的哆嗦，因爲他的罪行，是十殿閻王法庭第九殿都市王的審理，淫亂罪將被執行下刀鋸石磨地獄，他恓惶著：「我父我母喲！」

❀

民族路的攤販，犧牲於市長政治行情的祭旗，決意將廢止取締了，攤販們如青天霹靂，反對的憤懣如星火燎原；而歷史悠久、生意興隆的閹鷄，幾天來、領導著同行到處請願、開會、串聯，外患洶湧而至，銀花和緩了敵對態度，同舟共濟爲苟延往後的生存而努力。

打了幾個月的政治麻將，還是被政客郎中連莊了，遐邇馳名的美食小吃、繁華夜市將成爲歷史名詞，最後一夜，四方湧進熙攘的人潮，感傷縈縈的徘徊；攤販的代表群集閹鷄家喝悶酒，心情如破產後被趕離世固家鄉的無助淒然，大家狠狠罵著：

「幹伊娘，今天的下場好像菜店查某、酒干嫂，區運時，就裝扮妖嬌出來招待娛樂人客，時機過了、無利用價值，打落冷宮、二兩銀就掃地出門！」

當夜，同讎敵慨的銀花扶著酒醉的閹鷄上床，替他脫掉衣服時，無意觸摸那已陌生的香蕉，內蓄的怨氣令她狠捏一把，但熟睡似豬的閹鷄，毫無知覺的鬆軟，銀花蠱惑再輕輕撫摸著，如棄婦怨、長夜的漫漫。

❀

隔日，民族路如臨大敵，軍警壓陣，閹鷄嚥不下這口氣，鄉愿的猶作困獸之鬥；仍然穿上營業服裝、只是頭上綁著白毛巾，昂然站在攤位前。當拆除大隊來到時，似唐吉訶德肉搏風車的揶揄：

「叫市長有卵巴就親身來，我一定自動拆除，那無、豬肝殘殘切五角，大家拚看看！」

結果，他打傷執行的警察，妨害公務、被移送法辦；在法院、不顧家人焦急的

，

懇求，拒絕交保，他說反正生意做不成，乾脆讓政府來飼養他，於攤販群崇拜的喝采聲，仵進新生大飯店。（註：臺南看守所位於新生街）

移送看守所，在中央臺解下手扣、蹲下點名，而後起立、脫褲、彎腰、跨腿、張開肛門，一連串彆扭的安全搜身，閹鷄就開始後悔著。關入新收房，斗室擠了七人的侷促，溲味、汗臭、濕霉雜遝囹圄的正氣歌，他戰戰兢兢這陌生環境，強作鎮定的內荏。

經過房主審問，知悉是打虎英雄，就遞上「老鼠尾巴」（註：一隻香菸分裝成五、六隻的紙捲菸）接風。在群英會、梁山好漢必須報出字號，世故的閹鷄冒充民族路附近的大幫派，信口就說「小公園的公鷄」；房主是山中無老虎、猴子當家的小流氓，一聽是府城赫赫的角頭，諂媚奉上「檳榔」孝敬。爲了佯裝𨑨迌人本色，閹鷄強忍著反胃、硬著頭皮就血口大盆；同時也免了洗碗筷擦地板、睡廁所旁的新生訓練。

隔日，家人及時會面，女兒好話說盡、銀花歸來吧的款款，仍無法喚回閹鷄的苦中作樂；而攤販群人情味爭相寄菜、寄慰問金，有油水又慷慨的他，馬上是室友巴結的大阿哥。而房主抽菸偶爾奢侈整支黑頭武士（註：新樂園一隻），平時以老鼠尾巴解癮，但閹鷄顯示實力，大手筆以白頭武士（註：長壽菸一隻）應景，無視一包黑市價千元的咋舌。

在新收房坐了二天，因有烹飪的專長，就被派任福利社、司理掌廚的要職。這龍蛇雜處的地方，充數各路好漢、狗熊、宵小，鄉野傳奇的衆生相，交錯酒色財氣的浮世繪，永遠有新鮮的耳語，適時彌補失去自由所引發空虛煩悶的銳變。

晚上收封，一大房住了十六名的熱鬧，恣自下棋、吹牛、寫信、研究案情、怨天尤人迴異的排遣；而深夜就寢、揉合夢囈、手淫、失眠、唏噓毫無隱瞞的各取所須。

這天，又移進一位新收者，暱稱「查某」打賜速康的年輕人，白嫩皮膚、細細嗲聲、眉清目秀的俊美，似一隻春情的母羊，迅速引起整欄公羊的爭風吃醋。被社會遺棄的他，入牢一窮二白，但本身有套謀生的伎倆，洗臉以資生堂保養，洗澡用澎澎，還走私一瓶沙威隆作消毒潔洗之用，兩天後，培養了情緒、吊足胃口，才掛牌營業。

開張第一砲，是已在看守所關了兩年的紅鼻子，他的罪嫌是強姦未遂、妨害風化；閹鷄目睹這光怪離奇人慾的橫流、極爲震憾。尤其綽號黑龍，古銅的膚色、胸前紋龍騰、背部繡虎躍，左右兩腿、各刺恨世生、殺殺殺，以賒帳霸王硬上弓鷄姦了查某，那種情景、醜陋得如牛舍畜生的粗魯。

近墨者黑的耳濡目染，閹鷄在同房室友的慫恿，也是生理需求及冒險搜奇的本性；於查某大獻殷勤，代價是一碗多放半瓶米酒的麻油鷄，因一瓶米酒黑市價壹仟元又缺貨的珍貴，但對掌廚的閹鷄、是輕而易舉之事。那是從未有的酥爽高潮，一陣猛抽、他的香蕉淸晰一排查某的齒痕。

閹鷄的官司，很快定罪四個月，得易科罰金，人就被放了出來，意猶未盡的他，與查某新姘頭惺惜的道別，留下地址，希冀早日自由身返回社會、重溫舊夢呢！

隨著家人、先到天公廟解運燒香，回到家裡、吃著豬腳麵線，心裡還惦念著牢中的情人。

這晚，小別重逢，銀花意外的解禁了，兩者一番熱身運動，閹鷄卻貶視那鬆寬老化的年代古井，不再亢奮、翹楚，就闌珊的停戰，要求太太改用嘴巴，但已淸口吃齋的銀花、馬上拒絕，彼此就冷卻才昇華的慾火，經銀花一番追問，瞭解丈夫去趙黑獄，愛上半男樣的人妖，又驚嚇、又好笑、又放心的罵著：

「凸肚短命，你眞是南洋土香蕉，有坑就活！」

酒之器

她站在舞臺上，
冷絕地，
以肢體語言表達著七情六慾。

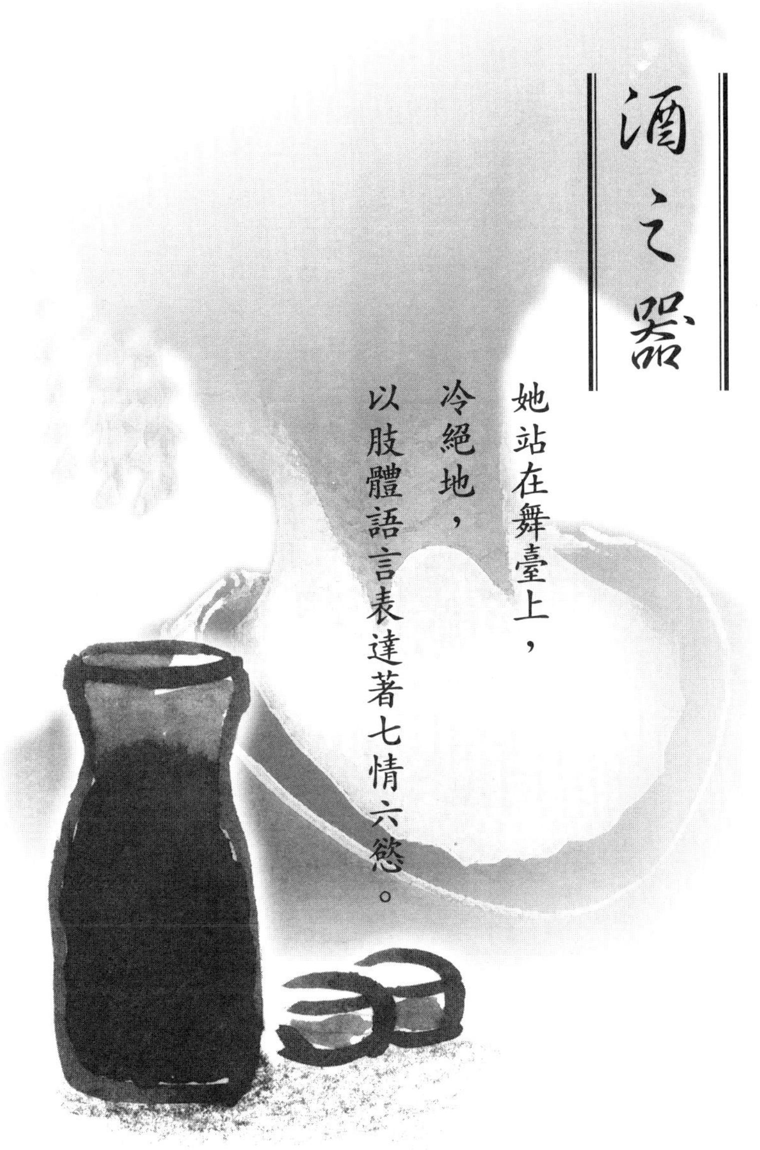

清晨，新宿車站籠罩著薄霧，色彩是淡黃的秋瑟，詩情的季節。

在冷清的新幹線上，我內心卻吶喊著：忘掉昨晚加水的山多尼、森進一的卡拉OK、那蒼白的夜東京，還有……惱人的商業縱橫，總之，撇開一切令人憔悴的生存熙攘。

總是惦念：抽空到京都靜幾天！但一拖、就兩年；爲了嵐山這季的楓紅，終於下定決心，彷若林沖夜奔，奔著情和愛。

下了京都車站，已習慣東京地下鐵的匆促腳步，顯得格外的躁切，古都的風華，時間也古董內涵了，該放慢步伐、鬆掉領帶，平日繃緊的臉孔、和藹明朗吧！

日語不太靈光的我，往來臺北東京間的商旅，熟於英文的表達；此地卻閉守老大，在車站旁的旅行社，費了一番口舌才彼此溝通訂妥旅舍，還好、微笑本是共同的語言，這趟眞是心靈之旅。

計程車帶我來到刻意選擇的日式旅店，身穿和服的老闆娘，哈腰、微笑，出來搶提著行李，在大廳、我看到伊藤博文的題字，又是一家百年老店。

補足昨夜宿醉的萎靡，一覺醒來，內將（註：女服務生）親切地備妥晚餐，已在門外恭候。

餐後，喝著清茶臨窗徜徉，企立於夜空的京都塔，在燈火拱射，呈粉紅、似珊瑚的瑩澤，有水晶玉的雍貴，如此古典美的傾訴，令我不安於室。

沒有繽紛色彩的京都夜生活，只是一盞青燈，靜謐地篤實歷史的嬗遞。我漫無目的在冷清街道遛躂，風兒在兩旁行道樹翕和了秋聲，濃濃遊興抵消淡淡鄉愁，似古人秉燭夜遊，逍遙地洗滌多年累積的勞痼。

進入一家藝品店，卻空無人影，我故意弄出聲音，富泰的老闆娘才從屏風後走出來，一切顯得閒適、無爲。

也許是我帶來生機，不久，陸續而來的觀光客，把氣氛炒熱了，他們大方花錢、高聲喧嚷，是熟習的鄉音，乍看是令日本人喪失優越感、多金的臺灣同胞。

感染這股激昂的商賈交易，我也著迷一組陶藝的酒器，外表土的拙、內涵酒的熱，憨厚、質樸，熟稔酒場的農歌，價錢卻令我猶豫。

買與不買，正思量，不輕易抬頭，不禁哇然片刻！櫥窗外，悄悄來位小姐，同樣諦視這組酒器，細長髮絲恣由秋風拂面，於路燈下，慘白臉龐，有清明眸子、堅毅小嘴、高挺鼻子，自負、冷艷，無視我的端詳。

當她拉緊風衣，轉身想離開時，我急忙敲打玻璃，她回首看著我，指著酒器，點頭、微笑，狐媚般飄然而去。我急急推開人群，匆匆奔出店外，越過馬路，於街的轉角，只有朦朧夜景，她一襲白衣的飄逸，嫋嫋、驚艷，幽靈般的消失。

嗒然若失的我，返回藝品店，愛屋及烏心情買下酒器。價錢的昂價是標榜陶藝家的作品，還附帶作者親筆的感謝函，老闆娘頂慎重留下我的住址。

這晚，藉著一瓶啤酒，才進入夢鄉。

❀

京都是一幅古畫，畫中有詩，詩中有禪，禮禪有歷史因果，閒情、細酌，方能品味。

嵐山的楓葉，紅得觸目、悲壯，交織著槭黃，美得多愁善感。整天，我省視晚秋的絢麗，輓歌著生命凋零，心願已足矣，但昨晚的精魂，似乎如影隨行醞釀另種心思。

晚上，在民俗村一場茶道表演，她身著底白綴花的和服，長髮挽個髻，輕盈腳步，在舞臺向觀眾致禮時，已令我如觸電呆怔，說不出滿腹的驚喜。

古琴響起歌詠音符，寧靜情緒，她拘謹地取泉、燒水、泡茶、呈獻，是心的誠意，投足擺首間，有一定文化素養。我自告奮勇上臺見習飲者，從領受、觀茶、品嘗、感恩，是禮的昇華。當我倆目光接觸時，她驚訝重逢的巧合，流星般失態，迅然又恢復職業訓練的冷靜。

落幕時，她從容的退場，我卻在走道擁擠的人群中焦急。泌出熱汗趕到後臺的休息室，已無人影，又來到詢問臺，比手劃腳了半天，服務臺小姐羞紅臉，我漲粗脖子，仍然各說各的。

剛好，有隊本省的觀光團也來看戲，我找到一位上年紀的老鄉，就說：

「歐吉桑，你會講日語喔？」

「少年喲，普通啦，日據時代我做過保正！」

「歐吉桑，拜託你請問服務臺的小姐，如何才能找到演茶道伊位穿白色和服的姑娘！」

「十幾年沒講過，舌頭硬化，我想一想……」

只見他，站穩腳步，潤了聲喉，似演舞臺劇，抑揚頓挫開講起來。

所得的情報，寫在紙上：

「眞弓由美，民藝團圓，明早十點在西陣織紀念館有場服裝表演。」

這位老鄉識途老馬的說：

「少年！日本婆卡好喔，做牛做馬還是笑瞇瞇，想當年，我交伊位沙吉谷……」

「頭喲！什麼沙吉谷？我見笑做牛做馬四十幾年，怨嘆過嗎……」

「誤會啦！是講笑，起碼日本婆的菜頭腳，看久，心就打結。」

夫妻倆一路嘀咕上了遊覽車，我想言謝，已沒機會了。

我耐心在門冂等著，不久，一輛寫著京都民俗藝團的交通車停在臺階旁，從側門，陸續走出團員，井然登上車。她仍然那襲風衣，星夜裡搖曳的百合，我跑過去，喊著：

「由美……由美……」

殿後的她，停下來，微笑地回禮：「嗨……」我一時結巴，胡亂說了幾句英文，又改口不成文的日語，心悸動得幾乎衝口而出，世界此刻將太息！

車子已發動了，她揮著手，輕輕的說：「撒約那啦……」人踏入車內，留下在冷風中紛紛落葉所惆悵的我。

回到旅舍，如初戀的生手，躺在榻榻米，望著天花板發呆，到了午夜，我打開行李包，拿出中日英會話辭典，認眞的寫信。

✿

雖然昨夜失眠，乾澀的眼睛仍緊盯在舞臺的她。由美在這場傳統和服的展示，於霜雪的布景，室內一盆黃菊及熊熊炭火，她身著黛藍的和服，墨綠的披風，安閒端坐，美得蒼鬱、成熟，更激起我追求旺盛的心。

表演結束後，我一鼓作氣來到後臺的休息室，把信委託管理員轉交她。焦慮的等著，如世紀漫長，不時深呼吸、搓牽手，躊躇反問自己：「是否瘋狂了？什麼力量鞭策我？」

有半小時之久，管理員才走出來，拿封信箋給我。惴惴地打開，娟秀字體寫著：

「王先生：

酒之器的緣分，願意參加秋之祭？

請攜帶簡便行李，午後三點在京都駅前廣場相會。

眞弓由美」

我踏響青石板的街道，迷惑著她能寫出通順的中文，原來單純尋幽的京都之旅，這下攪亂狂飆了！

回到旅舍，思維說冷靜，四肢卻忙庸，興奮的情緒，如遠足前夕的孩童，用眼睛等著天亮。我穿條牛仔褲，微凸的小腹，令我彎下腰繫鞋帶，就微微喘氣，畢竟我才三十而立，卻已老氣橫秋。

等人的滋味，是友誼的慷慨，隨著廣場翩躚的鴿群，我的思緒也起落不定。鐘塔響起音樂，在我背後，也有鄉音娓娓：

「喔桑（註：王先生），你好……」

「Fine……我……我……」一時失措，我中英文脫口而出。

「喔桑！我會說北京語……」

「什麼？妳會說華語，哎！怎麼不早說呢？」

「嗯！我們見面都很匆忙，何況我今天才曉得你是中國人。」

「妳是華僑嗎？」

由美沒回答我的問題，帶領著我走入客車站，買好車票，登上往伊賀的大巴士。

坐定後，由美神祕的說：

「喔桑，伊賀是我的故鄉，明天秋之祭很熱鬧，你是貴賓。」

「貴賓是不敢當，由美妳不會認爲我太唐突？」

「那會呢?!一切是酒之器的緣分吧。」

車子駛離韻致市區，進入崎嶇山路，沿途山澗、飛瀑、參松，山氣，清新、淨爽，由美的臉頰吹得嫣紅，水汪汪眸子，令我千言萬語。

繞過山頭，開始下，由美指著山腳的盆地：

「喔桑，你看山下有許多煙囪，這是陶藝之鄉，還有溪旁冒出白霧，那是溫泉的氣。」

「怪不得妳喜歡那組酒器……」

「當然喔，是懷鄉的心情。」

原先的生澀，一路上彼此知遇、閒談，拉近拘謹的疏離。

櫛比木屋，沿著馬路而築，門檻前家家戶戶掛上節慶的彩旗，如果去掉電視天線及電線桿，還以爲回到江戶時期的小山鎮。

由美的家，青石矮牆爬滿薜蕨，烏青陶瓦下原木的結構，庭院各式的盆景，整體顯得孤芬、世故。

遊子返鄉的恣情，由美大聲喚著歐卡桑（註：母親）！帶著我，脫下鞋子，踏入玄關，穿過走廊，來到寬敞几淨的客廳。

滿頭白髮的由美母親，從後院匆匆趕來，以愕然、驚喜的眼光望著我，隨即深深鞠躬致意，我也本能的回禮。此時，由美拉著母親的手，以日語說著；過會，由美母親綻出豁達笑容，生硬的說：

「喔桑，歡迎你……」

家裡有了客人，女主人就閒不住，由美母親馬上全副武裝，向由美嚷嚷，其神態，似黃昏趕著鴨群到池塘覓食的沈著。由美拉拉我的衣角：

「喔桑！走吧，我們去陶坊見酒之器的作者。」

我倆穿著木屐，越過庭院，打開後門，踏響杉林小徑的喑啞，氣溫冷得哆嗦，轉個彎，卻感覺到火的熱氣；下個斜坡，前面窪地有個窯，煙囪冒出銀絲，由美興奮的說：

「這是歐的桑（註：父親）工作坊，他退休返鄉創作陶藝，有七、八年……」。

「原來，酒之器的作者、是令尊！眞是失敬。」

一語道出我的心結，跟隨由美踏入木屋裡，只見一位清癯長者，坐在凳子上，聚精會神地雙手不斷揮動轉輪上的土坯。

飛馳的轉輪，泥水四處潑濺，他碩長手指靈巧的擠捏，彷若盤古開天，一斧闢開渾沌大地，世塵泥土經火的燒煉，塑出藝術的殿堂，這是陶藝令人傾心的神奇。

當轉盤靜止時，由美才開口：

「歐的桑！我帶收藏酒之器的朋友來，喔桑來自臺北……」

他深沈咿唔，人站起來，轉身面對我，凝冷的眼神頓時炯亮，以順暢華語說：

「喔桑，你說酒之器的創作本意？」

我毫不猶豫的回答：

「土的本質、酒的熾熱。」

盛白酒、是敬天！

盛紅酒、是謝地！」

「喔……哈……奇摩吉意喲（註：太高興）……」

他開懷大笑，握緊我的雙肩，是苦悶的釋然，又說：

「喔桑！今晚痛快喝幾杯……」

我望出由美的眼眥閃亮淚光。

❀

晚飯似鴻門宴，藉酒意，更縮短陌生的距離。由美父親大談他的經歷，原本京都大學的文學士，二次世界大戰，奉天皇之命，拿起刀、槍，馳騁於中國戰場。日本投降後，任職於大藏省，曾奉調來臺服務，由美的華語還是在師大語文中心學的；育有一男一女，長男目前在海外的日本公司就業。

我則保留的介紹自己，是代理日本藥廠在臺的業務，家鄉爲臺灣南部，本身喜愛藝術、文學，卻有意隱瞞已婚的事實。

散置桌上盛酒的空瓷瓶，已超越我的酒量，由美父親渲洩惺惜的知遇後，失神地陷入回憶中，而後，倒在榻榻米上，打鼾睡著了。我盤腿坐得發麻，勉強站立，如踩在棉絮堆；由美見狀，連忙扶撐著我，但一失重心，雙雙倒在榻榻米上，大地在旋轉，由美的體溫、髮香，令我羽化徜徉於萬頃的麥田。

醒來，已近午夜，我發覺自己已蓋上棉被、睡在客廳，而他們一家人似乎等著我起來。

喝著由美端來的熱茶，神智完全清醒，我靦腆的說：

「歐吉桑，歐巴桑，眞對不起，失態了！」

由美父親不以爲意的說：

「喔桑，你像我的長子，喝酒、臉紅，眞是率情，日本人善飲，中國人善吃，所以在陶藝，日本擅長酒器，你們就在器皿發揚光大。」

由美母親已備妥洗浴用具，她以日語向由美說些什麼，由美馬上帶領我來到她哥哥的房間，拿件日式浴袍給我，故意把頭轉到一邊，說著：

「喔桑，你把衣服脫下，換穿浴袍，等會兒，大家一起到溪邊泡溫泉，不要害臊，這是習慣了……」

此話，令我臉紅耳赤，除了當兵時，軍令如山洗團體澡。到目前，我尚無勇氣去洗三溫暖呢！何況入鄉隨俗、男女共浴?!

空氣有水的寒意，拂面，酒意全退，我們一行穿著浴袍，有說有笑，迎著月色，來到溪畔。水中冒出熱氣，靄靄、虛幻、似仙境。

溪水是冰的，兩岸石頭縫卻冒出熱滾滾的溫泉，人們就在各處源頭，以石塊圍成天然的澡堂，兩岸巍聳著杉林，深沈的草香撲鼻，眞是世外桃源。

由美父親坦然脫下浴袍，下部用浴巾圍著，就下水了。我則是圍好浴巾，才脫下該脫的所有，酬酢應對式的急急下水。由美與她母親也大方脫下浴袍，但是裡面耳已用浴巾圍著上下部位，也下水了。

杉林昇起氤氳，月色似銀瀑傾瀉在盈盈溪水，徐徐上升的水氣，似雲端，忞由自己的想像力去揮筆。溪水，冷的清甜，熱的淡鹼，使我回想廬山的溫泉，與妻新婚之旅，洄洑的泡沫，激盪我內心無比的漣漪。

浪漫本性，似天旱埋於地底的種子，一有水分及陽光，馬上發芽、成長，這異國情摯，應維持著理智、純情。

由美哼著歌謠，和樂地替她父親擦背，她堅實的酥胸，於溪水漫漶，隱約、圓實，如含苞花蕾留戀晨露的晶瑩。我想正眼，覺得冒失，想偷視，深惡卑鄙，但生理亢奮，令我又急又愧潛於冰冷的溪水，此時邪念，是褻瀆聖潔的天池。

「喔桑！喔桑！」

由美母親慈母般的喚我，也拿著海綿示意給我擦背，雖然很窘，但又不能拒絕日人待客的誠意，我只好坐在石頭上，讓她牴犢情深擦著母愛的期待。

我感覺到由美母親用力均勻，把疲倦抹掉，好像換洗一床髒綁的床單，我舒暢地轉身來，望見她慈祥神情，鬆垂雙乳，似熟透絲瓜，正是我幼時銘念的生之泉，情不自禁喚出：「喔！歐卡桑。」

由美母親孺慕摸撫我的臉龐，開懷的笑聲，遠傳至靜寂的天籟，引起由美一家人的共鳴、接納。

❀

神舍隱於蓊鬱松林裡，寧穆深邃的造境，安謐了世故悲歡。祭典的人潮，成有趣對比，鎮上居民身著傳統服飾，慕名而來的觀光客，才是現代人。

由美帶領我，在神殿前的臺階，合掌爲十，默禱祝願後，拉響懸樑的銅鈴，再喝口水池裡的冷泉，由美說：這是清心納福。

小鎮的鄉親，似乎都集中到神社，由美雙親一早就去幫忙祭典事務。由美頻頻的左顧右盼，忙著與親朋好友打招呼，只是訪者都神祕向由美一笑，再詳細的打量我一番。

廣場舉行著傳統武術表演，被看得渾身不自在的我，信步逕自擠向人群裡，馬的嘶叫、人們吆喝、武士威嚇，如置身古戰場的陽剛；隨著洶湧人潮呈波浪往前推散，我找不到由美了，因爲穿著和服的日本女性，遠看近觀都是同個模子。

索性獨自閒逛，走出神社，來到街上的市集，像個觀光客好奇每項的新生物；走累了，就在茶棚歇腳，喝茶、看人。

流覽中，無意發現由美站在對面街角，她焦慮注視來往行人，又得強顏歡笑與熟人打哈哈，臉色一陣紅白，惹人憐愛。此時天際堆砌彤雲，已罩住遠山近樹，大地昏暗，雪白冰霜凌空而下，街上一片傘海。

我脫下夾克，衝至對面，大聲嚷喚由美，一骨碌攬緊她的腰，把夾克罩上她的頭，相擁奔回茶棚。拿下夾克抖落滿地瑩珠，由美的髮髻散亂了，喘呼呼向我連賠不是。

相視彼此的狼狽，不禁莞爾，由美輕撫我受到冰扎而紅痛的臉，憐惜的說：

「痛嗎？書米瑪現。（註：對不起）」幽蘭的氣息，微微吐納，好像慈母怡然吹緩粥飯的燜熱。我也大膽的揮理由美額前的瀏海，把鬢角的散佚順理於耳後，由美扭捏半閉雙眼，似乎期待什麼。

冰雹靜息，秋風清澹，街上又有活力，我倆手捧茶盅，緊緊依偎，一脈溫馨，由美說：

「每年秋之祭，有冰雹，冬季就大雪！」

「眞稀奇，我第一次看到冰雹。」

「那也難怪，因爲你住在亞熱帶的臺灣，這裡冬天經常封山，歐的桑以前燒陶，都用木柴，所以秋天就得劈柴準備過冬。如今改用瓦斯，但歐的桑老是說，瓦斯就是毒氣，燒陶、沒有火的生命，煮茶、茶味渾濁……」

這席話，無意挑起歷史傷痕，我有點動氣的說：

「二次世界大戰，瓦斯毒殺許多猶太人及中國人的性命。」

由美有點尷尬，藉故改變話題：

「喔桑，你會騎馬嗎？」

「只會騎上馬，而不會溜馬……」

她神祕笑著：

「下午，我們騎馬去逛蘋果園　！」

❀

由美上身米黃毛線衣，下著黑絨馬褲，嫻熟套上馬鞍，縱身一躍，輕如飛燕，上馬了，她說著：

「喔桑上來吧！就坐在我背後。」

我撫順馬頸的鬢鬚，它擺首、晃尾、踩腳，蒼茫膚色，均勻肌腱，是來自北海道的良駒。但我仍不放心的問：

「兩個人騎，不會超重嗎？」

「來就務（註：沒問題）！伊利亞是歐的桑的寶貝，冠軍馬。」

我爬兩次，才上馬，由美看我的笨拙，笑了出聲；她突然嬌喊：「咿……嘿………」伊利亞似弓箭般脫弦急出，差點落馬的我，臉色嚇白，本能抱緊由美腰部。

伊利亞奔過秋收田蕪，踩經滿綻野花小徑，涉水幽咽淺溪，奔入杉林裡。耳際颯颯風蕭，大地物移，針葉殘存碎冰，桀驁灑出餘力，由美壓低身子，我也緊貼於後，雙手捧著抖動酥胸，彷如爐灶蒸熟年糕，彈韻著熱氣。

直瀉而下，至溪床乍停，心已跳至舌口，猛然又吞回。由美淘氣、害羞，轉頭向我故作勝利狀後，又策動伊利亞爬上河堤，轉入漫山蘋果園。

果樹沿著山勢種植，小徑深隱於內，起風時，樹葉摩挲夾著殘雹墜地，嘩啦嚇然，如置身怒海狂濤裡。前無來人，後又幽陰，行走此徑，需要膽量的。

由美開始話家常，又不時歡呼急奔而過的野兔，舉目結實纍纍的蘋果，秋分的圓熟，令人歡欣歌詠。由美開始起調，嫋嫋歌聲，把陰霾唱成燦爛，唱息了秋瑟，我也雅興對唱。後來，她的荒城月，我的思想起，愛染桂的幽、望春風的情，唱到最後，則合唱相逢有樂町。

果樹綿延無盡，小徑一彎又一程，經過一幢木屋，由美突然驚叫，轉身抱緊我；散置小徑兩旁，十幾個猙獰稻草人，陰森鬼魅，我強作鎮定說：

「由美，不要怕，只是稻草人……」

「我……最害怕的……請你拉著馬轡……趕快通過……」

由美閉著雙眼，把臉埋入我的胸膛，頻頻關切，伊利亞知趣快步迅速離開這群喪謬。

我特意回首，確定已遠離消失，才放鬆韁繩，伊利亞緩步下來，我說：

「由美，張開眼睛吧。」

「你不騙人？」

「那會呢！」

由美略鬆雙手，微仰臉龐，湛然眸子，已察覺一直毫無拘束熱擁著我，羞紅、喘氣；兩者發燙臉頰，本能揉搓，我細咬由美豐嫩耳垂，濕潤唇脈，迎向她的嘴唇，吻出處女緊閉的生疏；我的舌尖，如春分霈霖，輕敲凍醒大地，由美又驚又喜嘗試放鬆下顎，剎時，夏日雷雨，大地滂沱，生命更豐盈。

昏眩，夢囈，恍惚神志，又承受由美的重力，踉蹌，落馬，我結實跌在果園的鬆土，仍痛得一時爬不起來。由美快速下馬，急急抱著我，喊著：

「小心，不要亂動……」

她小心翼翼摸著我的脊椎，殷殷問著：

「有沒有感覺？」

我動動手腳，無礙，由美才破涕為笑替我推拿，但馬上幽幽的說：

「你不會認為我是個隨便的女孩？」

肺腑之言，刺痛我的心，轉身摟緊她，說：

「由美，在京都的藝品店，我對妳已一見鍾情了……」

「喔桑，一切來得太快了……」

「也許！中國俗語，有緣千里來相會。」

「嗯，是酒之器的投緣，這是歐的桑忘年之作，注入最大心血，所以標高價錢。歐的桑常說，看誰有眼光去收藏這組不惹眼的一尊酒壺及四個酒杯！在藝品店已擺上兩年，我在京都工作，想家時，就去望它一眼，彷若看到歐的桑的神影。」

伊利亞邁出健步，再度背馱這對吻出愛情眞摯的戀者，繞出黃昏脈靜的蘋果園。

✿

松枝燃起營火，松香郁馥於夜空，廣場靜默人群，禮讚祭典的高潮。

身著仿大唐官服的由美父親，主持祭祀的開始，僧侶喃喃禱文，揮著仙拂，酹潑清酒，向黑沈蒼穹，感恩風調雨順，向篤實大地、訴情滋養豐腴，成群鎮民屏息此刻莊嚴。我深深感動，這酒之器創作的原旨，來自天籟、是慈悲，起自地心、是慷慨，從由美父親手中完成、是奉獻。

儀式尾聲中，由美父親從腰際徐徐拔出武士刀，益發森嚴，緩緩舉起，在火光中閃耀如虹的氣勢，對準祭臺上一大桶酒罈的木栓，一刀揮下，沁湛清酒，泉湧噴在酒罈下的木桶，酒香引起人群騷動。

有酒，有菜，歌舞就上場。小鎮的小孩子們，化妝成小兔子，雪白緊身衣，頭罩有長耳朵，臉上抹白粉、畫兔毛、紅眼睛，屁股夾個尾巴，圍著營火，滑稽的搔頭、晃尾，黠慧、俏皮，流露出小孩天真、促狹。

大人們也興高采烈共舞，由美拉著我加入行列，隨鼓、笛的節奏，回味童年的時光，由美興奮的說：

「在伊賀長大的人，兔子舞是最珍貴的童年趣事……」

隨即，又吟唱：

「兔子、兔子呀！

吃著紅蘋果、啃著白蘿蔔！

又白又胖，像伊賀的小囝囡！」

盡興的我，舞出一身熱汗，由美父親從舞群中硬拉著我到酒桶旁，乾了四大杓清酒，大聲的說：

「秋是人類感謝自然，冬則人類與自然搏鬥……」

由美母親也加入行列，痛飲幾杯後，微醉、喃喃：

「何時，才能看到孫子跳兔子舞呢？」

寄望的眼神，款款對我凝視，我望著沈迷於舞蹈中的由美，清純、善良，從她身上尋出吾妻已消失花樣的年華。我內心一陣抽噎，藉故溜走了。

隱入靜寂杉林，把喧嘩拋於腦後，坐在一塊碑石上，空氣冰冷，天上有爍星，我在想家！許久……大地似乎安息，我幡然急急走回廣場，人群已散了，三兩的鎮民收拾會場，我心急的尋找由美。

落漠的由美，孤單坐在神社的臺階，她一見到我時，毫不害臊，飛奔而來投入我的懷抱，哽咽的說：

「書米瑪現（註：對不起），跳舞忘形了，請原諒。」

我輕輕推開她，俏皮揑揑她的鼻子，模仿兔子舞的饞嘴樣，笑著說：

「由美，回家吧！」

我是得意的獵人，抓住一隻秋實豐腴的大白兔，喜躍地踏上不歸路。

早上睡過頭，醒來，已近十點，枕頭旁有粒大蘋果壓上一封信，我詫異拆開：

「對不起，我先回京都，今晨團長來電，臨時加演一場茶道。看你熟睡，不忍心打擾，午後，小林先生會接你回京都，晚上來民俗村接我。

由美」

兩天來的起居，已熟習由美輕快的細步，窸窣地於客廳、走廊、臥室的榻榻米上，安適而勤作；我捧著蘋果聞了又，失落、寡歡，低喚由美的名字。

下午，由美父親殷殷叮囑小林先生，於回京都車程，要小心駕駛。我上前與由美母親握別，再喊聲：歐卡桑！只見她老淚縱橫的說：「今年有空，你一定要來看雪景。」

登上小林的車子，我諦視這才熟習的一草一木，揮別兩位慈祥老人，耳際充塞由美父親的吶喊：「要練好酒量！」車子駛離這陶瓦、青牆、木窗的陶藝之家，再會吧！溫泉之鄉。

回到京都的旅店，數通國際電話的留言已等著我，現實的壓力又深羈方才放鬆的閒情。

懶懨地不想扭亮燈光，斗室裡顯得孤清、懊喪，與由美別離的事實已迫在眼前。回想騎馬、相吻、擁舞、共浴美好的時光，已是桃花源的神話裡。

晚上，散戲後，秋雨綿綿，我與由美共撐把傘，在冷濕的街道，溫暖地相偎、迤邐。

「由美，我們去那呢？」

「到我住的宿舍喝茶。」

「坐車嗎？」

「不遠啦，走路有意思。」

「妳的頭髮濕了，冷喔，把手伸進我的口袋……」

「嗯……很暖和……」

一趟路，總覺得太短促。

宿舍有規定會客時間，寶貴的相聚卻在由美同事的笑鬧、客套瑣事、拘束的環境中很快消逝，由美送我至宿舍大門，想說些什麼，但矜持女性自尊，把話又吞回，只是幽幽低聲：

「喔桑，你早點回去休息，明天一早，我去旅舍接你，好好玩一天……」

我強忍著情感，投入青茫的夜色裡。

一天漫長的期待，卻是驚鴻一瞥，肚子餓得咕嚕，我沮喪來到一家餐廳，解決民生問題。乏味地兩、三口，就吃不下了，我鼓起勇氣，到櫃臺，拿起電話來，輾轉才接通：

「由美，是我。」

「你在那兒？」

「一家餐廳吃遲來的晚飯。」

「什麼！已經太晚了。」

「本來，我以爲妳有空，可以……」

「你怎麼不說呢！生氣了喔？」

「沒有，只是孤寂……由美……我……」

「喔桑……喔桑……你怎樣了……」

「後天我就回臺北了，由美！我捨不得走……」

「喔桑，冷靜吧！一切來得太快……太快……」

「由美……我愛妳……」

我迸出心底言，就掛斷電話，突然覺得由美站在舞臺上，冷絕地以肢體語言表達著七情六慾，我卻一再憧憬、癡情。

步出餐廳，雨中的計程車，都是急駛、客滿，索性就在雨中散步，冥冥牽引，令我走回頭。由美宿舍的燈，仍亮著寄情，我徘徊、張望，就是沒勇氣去按門鈴。

我感到冷嗦，因全身已濕了；突然，迎面來輛警車，嘎然煞住，衝下兩位警員，不分青紅皀白，硬抓住我上車，又急又怒的我，稍爲抗拒，肚子已結實挨拳。

在警視廳，我冷靜表明身分，但是我說的，他們猛搖頭；他們說的，我亦聽不懂。憋了一肚子氣，我怒言相向：「幹伊娘，日本蕃！」奇妙的，一位警員卻露出笑容來。

給了由美的電話號碼，請他們連絡求證，我就受到熱茶、坐椅的招待。過了半個時辰，由美涔著雨絲，惶惶急奔而入，激動拉緊我的手，她的手心是冰冷，臉上有淚痕。

經由美的通譯，誤會冰消瓦解了，因爲宿舍附近最近不安全，我又在那鬼祟徘徊，被誤認爲歹人，又因我的日語不靈光，所以陰錯陽差了。還好那位發噓的警員，曾住過臺灣，熟習地域性的粗話，而確定我來自臺北！

警員爲了表示謝罪的誠意，以警車送我倆回旅舍，在車內，我囁嚅的向由美說：

「由美，今晚不要再離開我了……」

她低頭，羞答，默許難以啓齒的情奔，車窗外的雨刷，在大雨中已酩酊。

✿

房門輕扣上，黑暗中，由美把扭揑丟出門外，她痞痖的令我只猶豫一下，一次又一次迎向她的聲息，很快地，我像一隻受傷的狂獸，令由美喘殘、顫抖。

情慾如大海狂浪中的小船，已身不由己，由美終於使勁推開我，拉起被子掩護裸身，我懞然閃入浴室，啓開蓮蓬，冰澈冷水，凝降情慾的昇華。

膚色由白變紅，體溫由哆嗦而溫熱，思維清濾，內心平靜，我才打開浴室門；

已穿好衣服的由美，拿著睡袍柔馴往我肩上一披，熟稔拉直袖子，綁好腰帶，輕聲的說：該睡了。

淋雨，激情，良知的糾纏，夢魘呑噬了安眠，體內焚著虛火，當我覺得口乾舌燥到了極點，勉強掙扎起來；柔光傾瀉著安祥，四週沈寂，由美睡得深沈，靜靜感受到她脈動的心音。

已經中午了，我悄悄打個電話到大阪，確定明天的班機，當話說完了，由美已醒來，問著：

「你打電話去那？」

「吵醒了妳，抱歉……」

我又躺下，把由美擁入胳膊裡，不輕彈的淸淚，終於奪眶而出。

午後，決定開車前往大阪，沿途玩下去，明天，由美送我搭機。相約不提離情，假想爲蜜月之旅吧！

租部小車子，由我駕駛著，車子在國道奔馳，迎向晚霞的故鄉，由美流露著嫵媚、嬌羞，姁姁像個小新娘。一路上，衆多的話題，回想她在臺北的日子，熟習的故宮、陽明山；又有意探索，我的事業、未來，最重要是否有女朋友？我嚥下虛僞的謊言，戰兢的心情，好像通過博士班的口試。

從國道轉入名湖的路徑，一輪新月已在前方導引，藍藍湖水，環帶狀繞著山脈，由美打開車窗，山風吹送香菇的郁馥，由美說：「這裡是關東菇的產地。」

當晚，投宿於湖畔旅舍，放下行李，就急急到餐廳打牙祭。嘗到肉厚、味甘、香濃的香菇名產，由美看我虎嚥的饞相，原本強顏的抑鬱，慢慢折服明快；彼此乾杯，我的臉紅、似朝陽，她的飛霞、似桃紅。

月明如水，霧氣在湖面飄漪，夜靜，心慌；庭院流泉的竹筒，注滿水後，清脆地敲擊青石上，似寒寺的暮鼓。由美體貼地放洗澡水，細心的整理行李，適然一舉一瞥，孕育愛的纖細，我的心卻在泣血。

半夜，天氣起變化，狂風、驟雨，無情的肆虐；黑暗中，由美惴惴抱緊我，大地在翻騰，湖水正洶湧，有無數的吻，訴說無盡的愛。

由美在我的胸膛，用纖指鄭重寫著：眞弓由美！要我永遠記著。她安謐再叮嚀，不在乎我過去的種種，只在意現在的開始！我腦中一片空白，只是抱緊她，喃喃喚她。

我只知道，雨停了，我才睡著；由美說，雨又下了，她才睡。總之，一夜秋雨淒落，交著我倆一夜的激情。

✿

今晨，該是起程時刻，由美已哭濕我背部的襯衫，斜風細雨中，湖水也渾沌哀傷。

到了大阪，把車子還給租車公司，招來計程車，直奔大阪國際機場。彼此手心都沁出冷汗，不知該說什麼話來打破沈寂的氣氛，酷靜、令人心急，尿急、不知所措。

辦妥登機手續，寄走行李，離愁已聳動至極點。我帶著由美匆忙來到免稅商店，在珠寶的專櫃，直覺一顆藍寶石，似昨夜澄藍的湖水。付完帳，我把它套在由美的無名指，殷殷的說：

「由美，這是名湖的誓言……」

「喔桑……」

此時，一句話也說不出來，只是眼淚的聲音。

看板打出最後登機的訊號，我提起公事包及酒之器，由美緊緊挽著我，短短的行道，在人群裡，則邁向千里之隔的開端。到了關口，我狠下心說：

「由美，再見了，我一到臺北，就打電話給妳……」

「喔桑，撒約那哪！我在京都會永遠等著你……」

我終於走進去了，每走幾步，就回首，由美的手緩緩揮，眼淚簌簌流，視線逐漸模糊，轉個彎，隱入人群裡。

一路上，我想著寫給由美的那封信：

「由美小姐：

我是位喜歡文學、藝術的臺灣生意人，京都是我文心詩質的殿堂，那組酒之器更有我原鄉泥土的芬芳，如果妳有共同的興趣，請接受我異國的友誼。

二次見面未能盡情的人

王原心上」

在機上，滿座回國的臺灣觀光團，所攜帶的採購物及如何闖海關的話題，充塞整個座艙。我要杯烈酒，猛然呷了一口，喝掉縈縈的戀情，噫然沈醉了。

晚上，在家裡的書房，我埋頭整理明日上班的資料，猝然聽到小女兒的尖叫聲，回頭一看，擺在書櫃的酒之器已摔在地上成了碎片。一股怒氣及心疼，令我舉起手，想狠打淘氣的女兒；但是她驚嚇的小臉，縮在屋角，似戰慄可憐的小鹿，我的手鬆弛下來，把女兒擁進懷裡，噙著淚，喃喃的說：

「酒之器，眞弓由美，京都旅情……」

南都夜曲

深邃的巷子，
如傳說中宇宙的黑洞，
穿越過，就能永生解脫。

夜是一襲寬鬆的黑衣，輕易地罩住人間世；情慾悄悄於隅處，打著燈火，找尋對象，談妥價錢，聊表一段沒有山盟海誓的速簡愛情。

圓環旁巴伐利亞式的寶美樓不再是昔日銷金窟，年久失修的外表，被偌大廣告招牌遮醜了；曾是酒國名城，已從燦爛回歸平淡，如今變格爲一家經常換老闆的臺菜餐廳。

彼時，堪稱的大圓環，裡頭有蓮池、成蔭楊柳樹；華燈初上時，衆多沒錢有閒階級的人們群集這裡，兀立、蹲愣、或聒噪，只能隔岸觀景嘖嘖那火樹銀花般奢華的酒樓。羨慕、嘆息之餘，暗地立下宏願，期待發跡的那天。

此時，已四分五裂的小圓環，只剩中心點矗立的大鐘塔，外圍一排尖銳鐵栅欄，每隔時辰唱出時不予我的輓歌。盛況杳然，氣氛蕭條，信誓者力不從心，更遺恨的，意中人全凋零了。

大樓近咫的窄巷裡，適時拍賣一些色衰過期的人肉，除了價格便宜外，還得虧欠光顧者一份感恩的人情。

原本幽暗靜謐僅容兩人並肩勉強再帶個小孩而行的防火巷，盤桓這群黃昏之戀的相憐者後，聖經十誡所敘述痲瘋谷的詭異在此復活了。

她們晝伏夜出，藉著月色，才敢分批、順序、擠在巷口，憑個人心情，想笑、妖媚的招搖吧，不想笑、目瞪口呆也行。總之她們只有內心鑑賞的權利及嘴巴同意的義務，徘徊在巷口前停車場的老獵人，才是花錢買貨的大老爺。

巷牌清楚寫著××路二巷，但戲稱五十九巷卻遐邇聞名，也許自古以來我們長者的風範要戒色養生，六十是大壽之始，那就永遠五九青春常駐吧！

✿

爲了標會，今晚含笑來遲了，當她匆匆趕來與衆姐妹耳鬢廝摩時，金蕊從巷尾施施走來、嘴巴唸唸有詞：

「肖（註：瘋子）老芋，黃忠拖大刀！」

年紀與個性相同且跛腳的月里，總是好奇別人的遭遇，她問著：

「安整啦（註：怎樣）！金蕊姐，橫柴拿入灶哩？」

「三八里，不是喔！我這番人客是阿山，那八二三炮戰，門床鋪搖得險險歹去，還是硬棒棒，不發射。」

含笑聽了，打個寒顫，起共鳴的說：

「喂！阿蕊，伊個人是不是一面爽，一面喊殺……衝……」

「對……對……眞驚人。」金蕊回答著，也打開皮包拿起粉餅在補妝，心有餘悸又說：

「駛伊娘，伊是偷抹藥，後來我叫伊加節數。」

突然，站在最前頭的破格阿美破鑼嗓喊著：

「黑狗林來了，燒湯喔！……閃……閃……」

一陣騷動後，有位駝背老伯使勁地想抬頭挺胸走了進來，粗紅綳緊的脖子如意氣興發烏龜；他色瞇瞇乾笑，露出黃澄澄的金牙，不曾歇息的雙手忙著驗收老豆腐們的新鮮度。多金的嫖客，當然她們搶著要，只是吳嬸力排衆議哭喪臉說：

「拜託讓度啊！房租到期，讓我賺一下。」

黑狗林正摸著不纏的屁股，一聽吳嬸肺腑之言，好像聽到要打針的小孩子而死命抱緊媽媽，且大聲的回絕：

「老妖是你喔，我不愛，妳的肚猴坑早已乾涸涸……」

「天壽，黑狗林你的菸吹頭相款（註：一樣）不噴煙了，泅水慢、牽拖（註：埋怨）卵巴大粒，走啦……」

似母夜叉的吳嬸，她壯碩的單手擰起黑狗林背上隆起的烏龜殼連人硬從不纏的懷裡扯走了。

今晚尚未有生意的三八月里不以爲然說：

「天地巔倒轉，那有人客驚查某哩！」

不纏窸窣拉平被弄縐的衣裙，只是嘆息：

「黑狗林死某後，就常來，伊本是驚某大丈夫，已經習慣吳嬸那套虎豹母的款代！」

黑狗林被釣走後，巷裡抛出的香餌，紛紛活絡大咬了；但還是沒動靜的三八月里，心開始慌，雖然她在這裡年紀最輕，可是行情不算好，昨天紅先生才結束，已休息了四、五天，月底晃眼又來臨，眞是光陰似箭，無情射破歹命人的空米缸。

在這條巷子流動的老姐妹，總保持有十來位，逢年過節時，更有討食的山花臨時共襄豐年祭；雖然老牛愛吃嫩草，但是太空時代，年輕小姐一來沒耐性，二者認錢不認人，所以吃遍山珍海味後，肚子餓時，還是來碗道地的白米飯，經濟又實惠。所以五十九巷每夜如歌行板配對著老夫老妻不斷演練那場青春的舞劇。

臭嘴伯在巷口出現，卻使果敢的女人變得謙虛，她們彼此危難的眼色最後集中在月里一隻萎縮的腳上；月里無助地緊貼牆壁，敏感著自己的缺陷，只猶豫了片刻，終於師妹出馬。兩根枴杖分別敲擊著巷道，迴響那同是天涯淪落人的跫音，於冷酷的寒夜，在巷口十塊錢可買杯熱烘烘的紅茶，在巷裡只要二十杯紅茶的代價就能換得一時的溫存。

金蕊嘲弄的說：

「好加在，李鐵枴娶得何仙姑，眞奇啊！老怪物買時間專門打kiss，不打炮，伊的口臭比柚子屁臭有十倍，驚死人喔，像阮是不亂吃別人的嘴涎（註：口水）。」

「喲……阿蕊，褲子都脫下來，吃吃嘴涎，那有關係，妳啊！假正經。」

「含笑，有個道理，妳不懂，嘴是吃五穀雜糧天地之氣，金口不能亂開，讓人客爽，是爲生活；有心去相吻，已經是賭感情……」

兩位禪師一席形而上與形而下的對話，眞是洞中一天，卻是洞外的一甲子。

每個人都有重重心事，已到更年期，有家或單身，總之沒有好結局，否則、今天哪要在此招蜂引蝶。她們在一起工作，忌諱互談身世，反正從何處來？一定是悲慘世界，來此地？只圖個溫飽。人生已沒有大道理，命運更沒有西方極樂世界，過一天算一天的無奈；有了錢，一定有理由將它花光，雖然人老珠黃，沒關係！賣的還是老臉皮。

❀

早起的鳥不一定有蟲吃，擠在最前頭的破格阿美，突然縮頭往裡竄，哆嗦的說：

「竹鷄來喔……」

話才說完，有個人鬼鬼祟祟溜進來，片刻，衆姐妹像見到鬼，噤聲地聚在一塊。那有氣無力的聲音，如深夜曠野陰沈的狗號：

「老鷄母，今暝有練喔？這個月的稅金應該繳了，相款（註：怎樣？）」如果想白睡一次，她們還會勉強同意；而抽地盤費、那簡直要她的命。更糟的，在場只剩五位女人，而誰也不開口，誰先開口，誰就先倒霉；自私本是人性的保身符，有五分之一的或然率，她們要賭個運氣。

「相款（註：怎樣），大家是啞巴，平時老鷄母在床上，喀喀叫，就生金鷄蛋，怎樣……」

氣氛漸呈火爆了，她們的心各懷鬼胎，行動卻一致，蓮步往巷裡輕移。收保護費的人再也按不住氣，逕自搶含笑的皮包，迅速打開扒出鈔票；含笑一急，動手又搶回皮包。於相互拉扯時，他給含笑一記重重的五百，這一打，把苦命女打進痛苦回憶的深淵。

當含笑從茶室從良時，慶幸擁有遲來的春天，那知那位小白臉花光她的積蓄後，臨走前。還摔了她幾記耳光。含恨至今，她咒死天下專吃軟飯的男人，暗下誓言，誰再給她五百，她一定還他一千，公理的沸騰，含笑跨下馬步，使出鷹爪功來記夜下偷桃。

「阿娘喂！我的子孫袋……饒命啊……」

敵人被捏得措手不及，痛得彎下腰來，這時，金蕊也衝至，用皮包狠打吸血鬼的頭；本非猛虎、只是一隻病貓，當然難敵猴群的圍攻，終於色厲內荏像隻夾尾狗，從巷裡的暗處遁走了。

鬧劇很快落幕，苦旦賺得大家的喝采，姐妹異口同聲：

「含笑，看不出來，也是苦海女神龍……」

退敵的英雌，這下揚眉吐氣了，她爽朗的笑著：

「下車頭沒探聽，打藥打得將日送西山的人，也敢吃三角肉，如果我再出力，伊得破光，萬年不超生……」

那也難怪，含笑在床上縱橫大半輩子，男人的破綻，她清楚得很。破格阿美方才躲在最後面，風平浪靜後，又爭到前面，頭才探出、又縮回了，洩氣的說：

「慘啦！走了白面，引來紅面！」

✿

在一群好奇者的簇擁下，年輕的警員拿著警棒大步的邁進來，中氣十足的說：

「人啦！是不是嗎啡傑？」

過了半晌，她們沒有人答腔，而且還佯裝若無其事走開了；「喂！喂！」仍沒有人停步，這位警員惱怒遭受到惡意的冷漠，就拉住走在後頭的金蕊，咆哮的說：

「臭查某，我好心來替妳們抓惡鬼，眞衰小（註：倒霉），船過水無痕。」

金蕊卻平靜回答著：

「大人呀！竹雞（註：小流氓）是來討吃而已，但是你來，阮的飯碗就打破，多謝二字，講不出嘴。」

「駛你娘，無血無目屎，認錢不認人，來來……來分局……」

「我無犯法，憑啥米就去衙門。」

「愛人幹的破鞋，妳在五十九巷約人打炮，三歲囝也隆栽（註：知道），已經是妨害風化……」

「愛講笑，我今年五十做媽啦，老皮皮，還有人愛嗯？這條巷通往天后宮，我路過準備來去拜媽祖，你做大人是正人君子，怎樣白布硬染黑……」

「妳騙鬼！暝時廟門隆關啦，妳是去拜契兄公！」

人總是欺善怕惡，她們與地痞纏鬥時，外面的群衆避嫌著冷眼旁觀；而與警察對上時，群衆卻發揮力量了，聒噪的閒言閒語，逼得警員手無縛雞之力，快快排開人群，落漠的想離開。當他看到也來湊熱鬧的老谷，頓然冒火的說：

「她媽的，老谷！以後五十九巷除非傷了人命，你才來通報，否則就少管閒事，還有你得小心，這些婊子會騙走你的棺材本！」

警員雖然氣憤難平，本想留下站崗攬局，但是面對這些滿臉風霜已踩著壽西米進行曲的飲食男女，那茫然乞憐的眼神，令他內斂妥協了，嘆口氣，就還政於民吧！

硬來的，被攆走；不該來，自討沒趣已離開。革命尚未成功的姐妹，猶在床上努力；佯裝散步去的姐妹，又各就各位。巷口清場後，閒雜人已退出，老規矩，獵物排排站，獵人隨心所慾，號角又吹起。

深邃的巷子，如傳說中宇宙的黑洞，穿越過，就能永生解脫，青春在此，有價無市呀！

❀

巷口前停車場的機車陣似御林軍環視在老谷王國的疆域裡，大輩子在軍中裝甲師度過的他，與車結了緣；退役後，來此當寄車收費員，不同的是，士官長晉升為司令。

老谷當起官還一板一眼，人家來寄車，他要求一個命令一個動作，車子要停妥在他指定的位置；而車主來提車時，抖擻的他犀利眼神像個大校閱官。老谷的同鄉，許多人晚年得子，至今仍單身的他，老來當「管」一身重，則蹺了起來。

商場得意，情場卻失意，老谷的外表始終一臉魯蛋，女人會喜歡嗎？他暗戀著含笑，卻是個人盡可夫的妓女，而他日夜止班的位置，正好對準巷口，老谷又回復於金門海岸站崗的情景。除了注視對面的情海是否起波瀾，又得小心長官隨時來查哨，常常眼看心愛的人與別人搭肩從巷裡的暗處消失，他心如刀割咒詛天地不仁！此時，有車主來寄車或提車，那可要吃些排頭，戴綠帽子的王八，總該找人出氣，所以嗓門奇大無比。

近水樓臺、不一定先得月，白天，含笑總是雲深不知處，老谷已守在老地方；晚上，老地方可熱鬧，含笑才開始營業，但是她賣的不是包子饅頭，老谷要去光顧的話，扣掉培養情調、見面就撒殺，也要半個小時。裝甲車已耗掉他大半的青春，如今垠垠車海呑噬他最後的餘息，心裡老是盤算：

「會有那天，去他媽的看車工，不管了，我要去操含笑的屄！」

一次又一次的決心，終被源源不斷寄車提車的慣性動作所消遣降服。

圓環的安魂曲又響起，金蕊出征去了，三八月里嚼著口香糖從戰場似乎勝利的回來；連續幾夜只是來探班的矮仔佬，終於屏氣快跑報到了，他靦腆的指向含笑時，破格阿美卻向含笑說悄悄話。

阿美最近賭輸許多錢，黑道兄弟天天來逼債，今晚她還是在罰站，說服了心腸軟的含笑，無條件讓渡了。長得又高又壯的阿美，一高興，也不管客人是否同意哪？老鷹抓小鷄就開拔。綽號是破格，果然名不虛傳，出師就不利，鞋跟斷了，人也摔一跤，而矮仔佬趁機也逃之夭夭。

含笑惋惜的說：

「阿美妳的命眞硬啊，吐嘴涎（註：口水）給鷄吃，鷄也死啦！」

方才，老谷的脾氣只發了一半，因爲含笑最後守了貞節；當他再忙完車主的提車後，轉眼、夢中情人卻消失。他吃錯藥似的衝至巷口，三八月里有點吃驚的說：

「怎麼了？老谷你想通啊！要打炮嗎？」

老谷勢如破竹直問：

「少囉嗦，含笑呢？」

「喔，那還用問，去討契兄哩，你要去抓猴？」

「賤女人……」

失戀的男人，喃喃自語，腳步千斤重，眼前陰森的車海，如徐州會戰時嚴陣以待的共軍。那時、老谷精疲力盡躲在壕溝裡，滿腦想著家鄉的母親及才過門的媳婦；而此刻的心情，他滿腦想著也許已入土而不安的母親及過門也許又出門的媳婦。

戰爭是沒有眞正的勝利者。

✿

巷尾通底成T字型，往左是喧嘩夜市的世塵，往右落腳於天后宮廣場的法相；但是一對對的露水鴛鴦，從未走出此巷。

巷尾的一幢房子後門，緊貼在整排迤邐的長牆，如同畫布上的補綻。含笑帶著客人，熟練地打開房門，踏進情慾的山海關，迎面是幽暗長廊，天花板上搖晃著一年四季不停吹送的吊扇，卻無法驅散長久呆滯的霉味；一間間隔開的小房間，充斥刺鼻的花露水，隱約又能聞出人體激情後的汗騷。

含笑公式化的妥當後，分秒未浪費，開始有效率的脫衣，像剝個橘子，從頭到尾而一氣呵成，細慮扯掉果肉上的盤絲後，虛情假意地塞進客人的口腹裡。

今晚天氣轉寒，含笑幫客人解下差點沒穿上大棉被的層層冬衣，雖一寸光陰一寸金，但總要袒裎相見，方能深交。接著又得培養情趣，黃昏夕陽要爬昇至朝日晨曦，必須熬過長夜漫漫，經過含笑一番經營後，突破雲層霞光萬道的阿里山日出，於歡呼聲中，神奇消失了！不久、人群也散了，因爲心願已足矣。

含笑等客人翻身後，她立刻起床，整理善後，一刻也不想逗留；拿過酬勞，就端起臉盆，打開房門。

「戰了眞久啊！」

她聽到最不喜歡聽的調侃官話，看到最不想看到今晚才過招的四方臉。

有點虛脫的阿伯，知道法律有這條花錢買春是犯法的罪，他想到家裡兒女的面子及媳婦將會有的異樣眼光；手已發抖，腳在打擺，穿反了衛生褲，大衣的扣子親家鈕上親家母，人已癱瘓了。

❀

三人行經長廊，往房子前頭走，推開兩道鐵門，豁然一間住家的客廳。含笑看到左手被扣連椅把上、右手與客人相扣的金蕊，她挨近低聲的說：

「夭壽喔！奧巴桑是怎樣沒按電鈴通報?!」

金蕊一臉無奈，搖搖頭說：

「幹，是嗎啡傑去做五爪蘋果（註：線民），管區來得眞內行，由後門開鎖入內，奧巴桑也是莫法度。」

「其他的姐妹哪？」

「日頭赤炎炎，隨人顧生命啦！」

得意著總算報今晚一箭之仇的警員，抓起電話，想請求分局速派援手；而靠出租房間爲生的房東太太，曖昧欺身過來，手按著話筒，臉笑、嘴說、手舞，只差點沒磕頭。但是單探山寨的獨行俠，什麼話也聽不下。

氣氛甚爲緊張，突然，與金蕊扣在一起的嫖客，兩眼翻白，人從椅上滑至地面，口吐白沫，身體痛苦扭曲著；同時更拉痛金蕊的手腕，有點慌張的警員，摔下電話，迅速移身蹲下解開嫖客的手銬，仔細察看究竟。

金蕊單手自由了，人回復原位，悄悄打開皮包，取出一根鐵絲，對準另隻手銬的鑰匙孔，兩下就打開；就在此時，她向含笑使個眼色，不約而同起身竄入後門，重重兩道刺耳的反鎖聲，眞是大快人心。

人犯脫逃的過程，只花短短幾分鐘，煮熟的鴨子飛走了；恨得暴青筋的人民保姆，朝著鐵門，狠踹了幾腳，因用力太猛，扭傷腳筋，跌個踉蹌，人坐在椅子上，仍咆哮著：

「啊好……好……賊婆，伊伯馬上搬來住五九巷，妳們就不要出來討食！」

房東太太安閒端來一杯茶，緩緩的勸著：

「大人呀！消消氣，人七老八老又個賣人肉，隆是歹命人顧三頂（註：餐），可憐同情伊喔……」

「隆是下賤，還有，妳也有代誌（註：事情）等一下來分局做筆錄。」警員一面指著房東太太罵，人又起身，再探探倒地的病人。

這個時候，電話響了，房東太太喜上眉梢馬上接聽，一會兒，她握著話筒，自信的喚著：

「太人呀！請你來聽電話。」

「是誰打來的……」

「大人，你來聽、就宰羊喔。」

「幹妳娘，這樣神祕，是哪位阿伯打來？」

「少年郎，火氣賣大啦，來聽，就消氣！」

「嗯……嗯……妳去外頭叫車來，這位老猴要送病院……」

房東太太噗哧笑出聲，又說：

「莫要緊，安字。白毛是老人客，伊一緊張，羊癲就發作，像童乩哩，等一下，就好啊。」

「啊！老狐狸，怎麼不早講?!」

又被耍一記的警員，半信半疑的接電話了。

這頭，多聽少說，嗯了半天，他重重放下話機，終於火山熄火只冒煙；躺在地上的白毛，一聽沒事，可以走了，馬上白眼翻黑，人一躍而起，趁大人還未改變主意時，已經奪門而出。被含笑遺棄的嫖客，像戰敗的日本兵，一再向麥克阿瑟行九十度鞠躬禮，連聲不絕：「阿里阿度，吳再伊瑪斯（註：日語眞感謝）。」在警員不耐煩的揮趕中，才小心跨出門檻，自言自語唸著劫後餘生我佛慈悲。

垂頭喪氣的警員，茫然端起桌上的茶水，喝上一口，馬上又吐啐出，生氣的說：

「幹，做老蔥吸人血，眞刻薄喔，用冷茶請人客！」

「哎喲，眞失禮，我頂來（註：重新）泡。」

「不勉，我呷妳講，這次饒過妳，給卵巴議員一次臭面子，我雖然是元二（註：

一毛二的警員階級）但是不驚啥米人！是阮分局長吞忍伊，以後公事公辦。」

最後，房東太太嬉皮笑臉送走鎩羽而歸的警員，內心一再壓抑發噱的念頭：「可惜啊，天不怕地不怕的你，卻只驚（註：怕）分局長一人，哈……哈……」，這場意外，對她而言，只是生活中的小插曲，幹這行幹久了，已經練出一套生存的本事，黑道白道都難敵她多金的無道。

❁

當房東太太整理散亂的客廳時，節儉本性令她一口喝掉只剩半杯的冷茶，一股沁涼舒暢，從喉嚨直沖到胃裡深處，那穿透的快感，令她想入非非。

命運的坎坷，令人世故圓滑，所以俗云：

「冷茶、老查某，歹吃哩！」

隔暝茶，眞利
雲朵四散，
人間好事也辦妥，
清泉仰視嬌喘的阿鳳，
月色中，如芙蓉出浴。

暖壺

這位日據時代的茶商，光復後地方太平紳士，福壽雙全，登極樂界；留下殷實典範的茶行，座落於府城最繁華地段，有新町風化區的華燈衣香，夜市美食盤桓之喧嘩。古樸索驥的店面，於雜遝市囂的環伺，馥郁茶香，似鄉下故居，清淡家常，在熙攘的電影街，顯得格外親切。

早上，店門開張，老僕笑伯，佝僂地把門廊打掃乾淨，而後，掛上老花眼鏡，將粗茶倒在竹篩上，數十年如一日，撿出梗枝，歲月從指縫溜走。老頭家年輕時創業之崢嶸，晚年納福的悠閒，其風騷、得意，皆有笑伯共事的感念；老僕只因銘惦幼時失怙時被主家領養，因此付出一生的青春，至今，似老狗仍守護周家茶行的基業。

周家的獨子——清泉，承襲父親淵源，除了一年二季上山購茶外，店面生意交給太太掌理，日常瑣事、也懶於過問，終日浸淫古玩，優渥悠閒。雖家計浩繁，但先父奠下紮實根基，笑伯的中流砥柱，經營守成，母錢放利孳息，典型古城翹楚的理財，俗云：「一個錢打廿四結」，未曾有一家之主踹踖之掛慮，反而花錢更能隨心所欲。

端莊的碧珠，替周家生了兩對孫子，她一塵不染、井然有序的理家，但照顧生意時，有問才開口的含蓄，勉強稱職之矜持。身爲周家媳婦的內斂，只聽說過從未謀面早逝婆婆的強悍，但由兩位已出嫁，卻經常回來逞威的大姑倆，使她更相信婆婆的叱吒風雲，也慶幸自己生逢其時。

獨居於附近巷裡的姨娘，昔日是寶美樓紅牌酒女，於周家武則天癌症的末期，才洗盡鉛華準備接班；她的美艷豁達眞正降伏風流頻傳的老頭家，到了晚年，仍受到清泉夫婦定省的孝順。

清泉的出生成長，直到母親罹患癌症，他才與母親分床而睡；讀了初中，還在尿床，下部長毛的困惑，首次夢遺而發窘，就像女孩子的發育依賴母親誘導的必然。總之，在同學眼中，清泉是愛哭、懦弱的摸乳囝。

母親病篤彌留時，猶要父親於床前重誓，保證不容許姨娘生育。那天，赤紅棺木置於窀穸的深坑，清泉無法信服母親從此就沈寂長眠；十幾年來的母子連心，在他的心目中，阿母似二次世界大戰時，美軍方興空襲臺島，民間傳誦踩著雲彩，撩起裙尾接住炸彈的媽祖娘娘，了不起的守護神。

直到清泉結婚成家，兩位姐姐司代母職，監視著父親信守諾言，薪傳只能正統。父親逝世後，大姐們才少來走動，晉昇爲女主人的碧珠，因長期隱忍而緘默和柔，原本家常窸窣的聲息，如滴答老鐘，頓然停擺了。

外表老成穩重、內心卻充斥戀母情結的清泉，悵然若失原本熟習摩挲的熱鬧，多麼渴望百依百順的妻子，能銳變對他跋扈嘮叨，那才是生活的眞諦。

水色

碧珠的堂妹，因婚姻失敗，從香港回到臺南的娘家閒著，正好茶行需要人手，輾轉牽引下，就來店裡幫忙。

上班的當天，阿鳳一襲雪白洋裝，渾圓臀部皎皎袖珍三角褲的輪廓，綺年的三十歲，嘖嘖少婦的艷麗。笑伯老花眼一時清澄，揣摩阿鳳流轉的神態，勾起索引老頭家生前群芳譜的瑣憶，眞像眞花園那位敢愛敢恨的月雲藝旦。

甜嘴的阿鳳，淺笑殷切待客之道，使龍泉老店如枯樹芽新枝，除舊佈新，生趣盎然。她唱作俱佳的進退，使客人光顧時，一再想逗留多聊幾句；更有些好色之徒，買多了茶葉，迂迴話題，興致的癥結，是否阿鳳有了歸宿？

門市生意更爲鼎盛，碧珠慶幸找到好幫手，自己反而退次閒逸呢！周家一片讚美聲，掩蓋笑伯不服氣的嶙峋，他嘔氣撿著茶梗時，上廁所的次數更爲頻繁，因阿鳳婀娜的周旋，令他坐立不安，軟軟嗲聲、蹂躪他清平的情慾世界。

笑伯謹記老頭家娘的家訓，趕緊向清泉消毒塗上保護膜，他誠懇讜言：「茶行龍泉的老字號，不是靠嘴巴，是以品質好、價錢公道，童叟無欺的信用點滴累積成。婦道人家在店頭掌理，要端莊涵容，一味輕佻招搖，是桃花過渡，不是好頭路！」

本來不理俗務的清泉，對阿鳳只是浮光掠影，但經不起笑伯一再而三的進言牢騷，就動心欲睹盧山眞面目。那天，正逢晚場電影的散戲，絡繹人群爭相在門廊喝著清涼茶；身手俐落的阿鳳，於忙碌時，仍綻出花樣的笑容，當忙至高潮時，突然回首向清泉吆喝：「快快到廚房提桶碎冰來！」清泉只愣了一會，如小孩子幫母親做家事的成就感，愉快地勝任。

日後，清泉反常地，沒事也勤下樓，在屏風後，老人茶一杯杯的喝，閃爍的眼神，搜尋著蓄念已久的枷鎖。笑伯看在眼裡，後悔、意亂，也許他弄巧成拙、意外牽了豬哥！因爲少爺躑躅恍惚，正寫意昔日老頭家迷戀藝妓時的神色。

坐久了，就得找話題，清泉時常侃侃而談中，阿鳳兀自離開，隨意去招呼上門的客人，有如生意永遠至上的先母作風。當清泉崦嵫於一旁，阿鳳又會及時復燃，若有其事傾聽另一冗長的故事。逆來順受的清泉，卻享受著被鞭策的幸福。

時勢造出英雄，阿鳳於周家全票支持下，正式掌理茶行的經營，她每日講究不同的穿著，臉上畫細、塗紅、抹黑恆律了風月。已福態顢頇的碧珠，如桌上的大茶壺，經長期火煉而黯黮，無聲無息遁了世，旁人只於灌水時，才不輕易地望它一眼。

逐漸，清泉每日企盼阿鳳上班的出現。笑伯只能暗自憤懣，看不慣妲己得寵，索性慨慨怠工了，時常到姨娘的住居，唏噓老頭家應早日來帶他去作伴呢！

喉韻

冬茶開始收成，購茶的大事，需要笑伯評鑑的絕活，但是前些日子，他洗澡閃了腰，行動不甚方便。倒是碧珠建議由阿鳳陪清泉上山，順便見識焙茶的實務，只要兩天的時間，訂有契約的憨厚茶農，十幾年交易，互信殷實，且爽朗好客，招待更是賓至如歸。

清晨，香車美人起程了。一路上，阿鳳察言觀色的體貼，點菸、遞毛巾、抹綠油精，一棵愛苗經澆水、施肥、除草，更爲欣欣向榮。昔日與笑伯一同出差時，清泉總希冀快去快回，但今天，車子方過斗六，卻覺得時光易逝。

於茶山產地，交易過程，清泉一向不苟言笑。有了阿鳳參與，好奇每項新鮮事務，左聲大叔的稱謂，右聲大娘的讚美，拘謹的場面，綻出生氣，細糖在苦茶裡迅速擴散。

保守茶農竊竊私語，畢竟虎父無犬子，龍泉行的第二代有老頭家風流的本事。入夜，安排住宿，清泉卻要了兩個房間，令茶農滿頭霧水，莫非完璧歸趙。

晚宴，清泉才介紹阿鳳的身分；笑伯未能上山，茶農鬥酒少個對手，一頓飯吃得冷場。半打埔里的紹興，只喝掉兩瓶，阿鳳察覺氣氛沈悶，起興替酒量淺薄的清泉回敬大家，大杯乾，不改色，好戲在後場，好酒沈甕底。很快地，在酒桌上，阿鳳是討人歡心的黃鶯，樂得主人家忙著加菜，也擔心酒的不足。

山裡月夜，把白天的繽紛影印成一張黑白的幽明。習於遲睡的清泉，體內焚燒酒騷，在茶山漫步，沐淋著氤氳；於山腰土地廟前，與意中人不期而遇，相偕眺望山下渺遠燈火，琤琤無語心悸聲。

阿鳳微微輕嘆，似丟粒石頭，投入清泉的心湖。她有限度表白：「香港太平山下的璀璨，有她已消失的少女韶華，夢醒時，留下一子於香江男方家。」

一向孤僻的清泉，懶於分擔別人的是非，他自成的天地，單純似一匹白布，由母親刻意織成，在父親保護傘下漂白；人際間交往，方方正正，世態詭譎、躲不過笑伯的法眼，上天眷顧他，如此地清閒納福。

背馱失勢官宦之後的阿鳳，自卑自大狂急躁想出人頭地。她高商畢業後，任職於旅行社，一次舞會認識就讀成大即將完成學業的僑生，認定是託付終生對象，就讓對方奉兒女之命結婚，隨夫婿回香港定居。安分幾年的家庭主婦，卻不甘雌伏於先生的薪水階級，後來臺灣開放出國觀光，她就在香港的旅行社，充當專帶臺灣團體的導遊。

阿鳳恣肆事業心，攀龍附鳳地全力以赴，不顧男人醋勁，與老闆走得親近。與先生聚少離多的窮忙，而孩子生病看醫生，家裡營繕理務，由婆婆一肩承挑；原來就存在風俗習慣的差異，婆媳間冷戰銳成白熱化，孝順的兒子在母親的重壓，重新接受親融港女的認同。阿鳳的香江鍍金，褪盡顏色，狼狽地回到臺南的娘家，只傷心一秒鐘，馬上強顏歡笑面對未來。

山谷起野風，月兒被烏雲遮蔽，大地只有山腳燈海及天際孤星，清泉大膽攬住阿鳳的腰，從她腋下散出誘人激素，剎時，兩者熾烈擁吻。舉目土地公的塑像，忌憚褻瀆神明，移至茶園的田壠，阿鳳讓清泉躺下，她迎著夜霧，撲鼻茶香，上下抖動，使清泉使勁全力。

雲朵四散，人間好事也辦妥，清泉仰視嬌喘的阿鳳，月色中，如芙蓉出浴。

晚秋，山谷整夜卻嘹亮動情的蛙鳴。

新茶

賣慣傳統茶，競爭多，利潤在下降。阿鳳獨具慧眼，引進後起之秀的鹿谷凍頂茶，這季看茶，她力排眾議大膽押寶。

適逢愛民的一國之尊到鳳凰山探訪茶農，透過傳播力量的宣揚，一夜間，凍頂茶聞名遐邇響亮起來，成爲權貴爭相品嘗的時尚，使龍泉行狠狠賺了一筆。

受到鼓勵的阿鳳，一套興革之議馬上提出，欲把笨重烏亮的木櫃換成壓克力的活潑，民初藝術的拱門全要打掉，改爲落地窗、裝足冷氣，同時老福杉的舊招牌，將以廣告板及投射燈來取代。總之六十歲的暮氣要脫胎爲十六歲的朝氣。

笑伯死硬反對到底，他不吃不喝彆扭絕食，清泉搬請姨娘前來勸說，也遭到白眼，老臣激動的說：「用花樹來作薪，是六月稻草吸人血！」

周家媳婦本來就沒主見，面對這大刀闊斧轉變，碧珠卻明哲保身，最後，由兩位大姐聯袂出面阻止這個計劃。

不久，另家茶行全省連鎖的興起，創新的經營，突破了保守，業績迅速領先著同行。而龍泉行面對狹窄電影街，市政府爲了改善交通，又是單行道，又是禁止停車，店頭生意大受影響，周家支持阿鳳的改革，又漸成氣候。

每天早上，碧珠有一個多小時買菜時間，也是茶行清閒時刻，店面有幾位女店員看顧，笑伯入神撿著茶梗。在三樓的古董室，百年的鴉片床上，同樣茶山情挑，清泉與阿鳳鬼祟地偷情，咬牙切齒的寒蟬，偷採的酸楊桃，總是甜美。

桌談、床底，阿鳳都令清泉懾服滿足，從此女人使男人，一個命令一個動作。爲了千秋大業，清泉堅持下，龍泉的分店，選定於熱鬧的民族路，租屋擇期開張了。亮麗門面，增添各式清涼水的販賣，女店員一請就七、八位，阿鳳掛名經理，樓上有間套房辦公室。

甦醒的睡獅有了新歡後，碧珠隨著老店一起凋零。男主人長駐在分店，起初尚回家吃晚飯，後來藉故遲滯至夜半才回來就寢。古董室蒙上灰塵，孩子心目中好爸爸，疏離而陌生，分店佳績的捷報與阿鳳得寵相輝映，笑伯忿怒的罵著：「豆油分妳沾，連碟子也搶走！」

老頭家娘生前極力捕殺而絕跡的狐狸精，又復活了，蜚短流長的耳語，清泉受美色蠱惑而消瘦癡狂。

過火

兩位大姐相約來到分店，如獵犬的明察秋毫，在女經理房間搜出弟弟的內衣褲；不動聲色回到老店，詢問幫傭的奧巴桑，人家諱言回答：「頭家好幾個月沒換洗內衣褲了！」事實擺在眼前，大姑倆懊惱責怪弟媳的糊塗，先生在他家洗澡，爲人妻不緊張嗎？碧珠此時才決堤滿腹委屈，說爲顧全大局，怕影響孩子考前心理，一切等七月聯考後再追究吧！

見過十里洋場的阿鳳，她世面的腳步，不會盤桓在茶行錙銖小利，逐漸冷膩這蠅頭之苦，蠢動地欲上另層樓。同時，周家兩位厲害角色，開始頻頻駐店參與，唐突的查帳。況且不是好演員的碧珠，也藉口勤來探班的敵意，該是攤牌的時候。

迴光返照的清泉，馳騁於阿鳳豐腴的肉體，貪而無厭的性求。分店上班的小姐們，經常上樓時，臉紅、呿囁，因爲房內放浪形骸的呻吟，令她們想聽、想看、又想嘗試的自慰。

難得出門的姨娘，這晚由笑伯陪同來到分店探訪，店裡的生意好得出奇，杯子洗濯夾銅板叮噹，她意淫這財源滾滾的高潮。小姐說：「老板與經理也在樓上忙哪！」她獨自上樓，而緊閉房門有喘息的迤邐，她屏息思慕，又暗地下樓，心想：「又是一隻狐狸精迷住賣油郎。」

不久，阿鳳如小媳婦般，匆匆下樓，羞紅地端來兩碗鮑魚粥，笑伯勉強喝掉半碗，總神經質滲有香灰的味道？

陷入回憶的姨娘，恍然回到居所。不知何故，屋內保險絲燒斷了，她點亮蠟燭後，就躺在擁有無數纏綿痕跡的舊床上，那悲涼歲月，也承受過狐狸精的惡名，還好有老頭家百折不回的呵護。她善良溫婉，不是大娘精明強悍的對手。細姨韭菜命，沒名沒分度過大半生，隱鬱等待殘愛的施捨，而今日阿鳳的情勢，狐狸精要出頭天。

姨娘走回時光隧道，逕自脫掉衫裙，解下褻衣，惜惜愛撫著已逝去青春的肉體，朦朧中，笑伯從暗處出現，一向佝僂卑微突變為天神的雄赳，粗獷壓住她，卻抽噎的說：「在寶美樓看到妳時，是我先點了煙盤，後來，老頭家橫刀奪愛，失戀的我終身孤獨！」

彷彿，燭臺傾倒，蚊帳起火……

隔天報紙有一則動人的社會新聞——

「神祕大火，毀屋傷人

老僕救主，一傷一死」

周家哀傷地辦完姨娘喪事，笑伯才出院，左頰及雙手留下深刻疤痕，周家對老僕的忠勇，更覺得虧欠。只是，笑伯一回到店裡，就直接上樓，在老頭家的遺像前喃喃許久，從此就成了習慣。

苦澀

面對洶湧暗流，阿鳳決定見好就收，藉口探望兒子，請假飛往香港。不顧清泉的錯愕忙亂，歸期一再延後，也不肯留下香港的電話號碼，神出鬼沒地，令清泉爲苦等消息而惶遽。幾星期後，店裡小姐非必要不敢亂用電話，有話則短說，因爲老板正失戀吃香蕉皮，需要熱線追蹤。

聯考相繼放榜，在賢慧妻子調教下，周家的孩子榮登第一志願，清泉只皮笑肉不笑的應景喜躍，碧珠的王牌還是失靈了。兩位大姑耳提面命的聲援，娘家憂患意識的助威，碧珠仍無法喚醒夫婿的情夢！進而找上阿鳳的雙親，也遭到無能爲力的衍敷，到頭來，親戚成了陌路，畢竟胳膊往內彎。

束手無策的女人們，面對強敵，一番剖析，要碧珠表白床底事。她靦腆回答：「妻子應盡義務，她都全力以赴，可能輸在上天的公平，歲月催人老！」

碧珠安排臥底於分店的探馬，提供一本由阿鳳房裡取得的愛情寶鑑，碧珠慎重鎖好房門，忐忑翻開閱讀，頓時面紅耳赤！原來狐狸精靠這花巧雜技而取勝。強顏博記一番，又怕家中孩子撞見，爲藏本書也費思量，好不容易收妥，又假設個意外否決了！只看了兩天，趕緊物歸原主。心想揣摩書上姿勢，無奈本性保守達禮，知易行難之生澀，更使清泉覺得不耐。

這天午後，一通電話令清泉半信半疑趕到高雄的飯店，應門眞的是日夜牽掛的夢中人，一發不可收拾的情慾，猴急地相互糾纏，囈語是跳針的舊唱片。

不久，阿鳳獨自在高雄開家小銀樓，暗地從事黃金黑市買賣。她篳路藍縷創業，常使清泉在同居租屋苦等漫漫的夜歸人。床上例行次數在銳減，進行時，也心不在焉。直到阿鳳昔日在香港旅行社的老闆，飛來港都與她洽談生意的合作，兩者一見如故之親暱，醋勁終於使清泉狠下決心。

周家晴天霹靂起了大革命，清泉決意要改行創業，他說：「賣茶一元一角的累積，如同苦苓柴，何時上神桌？而黃金不臭不爛不失重，又能日進斗金！」

最後，清泉把分店頂讓給姐夫，老店留給碧珠，他提走銀行鉅額存款，興沖沖地到高雄置產築愛之屋，其餘資金投進阿鳳的事業，以金錢的實際收買美人心。

鬥茶

親友們衆口爍金，一致認爲清泉中了阿鳳施放的離散符。束手無策的碧珠，勤於燒香拜佛，娘家主意，道聽塗說可嘗試鬥符法。

在小鎭的鄉野，具有靈異的尪姨，在清泉替身的稻草人作法一番，持張符令給碧珠，囑咐必須焚於湯水，讓主角飲用，就能眞正收心。

左盼右盼於老頭家的冥誕，清泉回家祭拜，不知不覺喝下那碗包含多少期待的蓮子湯。那晚，眞的留宿，驚喜地與碧珠圓房了！只是隔日，笨女人慷慨又拿出鉅額的私房錢給先生週轉，清泉於錢到手後，一刻也待不下，急急回狐狸窩。

日久，黃金生意打出名氣，但茶行年度購茶的資金首次短缺！碧珠向大姑倆求助，才暴露事態嚴重，粗略打算，千萬資金已落在阿鳳手中，而清泉的執迷不悟，已是牛角噴無風！

碧珠沮喪鬥符的落敗，親友們穿鑿附會揣測，阿鳳施放的符咒，是由香港帶回的南洋蠱毒，大羅眞仙也難以破解。無助的周家媳婦，燃香向婆婆靈位求助，希望生前是捕殺狐狸精的高手，能顯靈指示迷津。

從未動手打人的清泉，為張到期支票，因碧珠在電話中聲稱無法幫忙並且一番揶揄，令他氣急敗壞從高雄趕回；進門就揪住妻子頭髮，毒打一陣！兒女替母親請命哀求，仍未喚回父親的良知。

清泉魯莽地宣洩後，周遭敵意的家人不屑眼光，令他清醒寒噤；內心的火燼，仍使血管噴張，齷齪上了三樓古董室，動手把貴重古玩一一裝箱。癡呆的笑伯，礙手礙腳跟著上來，當清泉移下置在香爐旁的家傳七星劍，銹垢蒙灰的香爐，突然湧升渾朵白煙，剎時莊嚴了法相！笑伯幡然嘶喊著：「發爐了！斬妖魔！」詭異地又呈催眠樣，逕自奪回七星劍瘋狂揮舞著，冷不防向清泉直劈過來，僥倖閃開的敗家子，嚇出冷汗奪門而逃了。

奇異神蹟，使絕望的周家，重現生機。碧珠在親友鼓勵下，坐了幾個小時崎嶇山路的車程，來到一處幽篁林中的道壇，想藉「關落陰」的法術，直接請教陰間的公婆，尋求解決困局之道。

求教的信徒頗多，具有姿色的碧珠被安排殿後；法師是位清瘦中年人，壇上供奉羅東太子，陰暗法室，只燃一盞油燈，空氣充塞昏沈的香灰。

法師用黑布蒙住碧珠的雙眼，燃起冥紙，以戒尺敲擊桌面，覆誦咒文；緊張又興奮的碧珠，穿過幽冥的懵懂，金黃祥文接引著她，走過很長的路，沿途有屋舍及人物，他們各自作息，互不理睬，呆滯茫然，來到一幢農舍，驚奇地見到正在菜畦耕作的公公，大家長流淚向媳婦叮嚀：

「曉得家中變故，是因果報應，妳婆婆生前嫉妒心重，常用菜仔路（以植物葉子作驅邪押煞以外的符咒）離散公公的許多女人。其中有位月雲藝妓，發瘋含恨至死，她的冤魂向閻王告狀，領令要向周家報二世仇，厝內七星劍，有王爺的五敕勒符，可以……」

碧珠的元神，突然被法師喚回，急促「不準回頭」的律令，使她風馳電掣拋離幽冥陰地痙攣後，碧珠醒來後，卻發現自己裸身躺在竹床上，不禁羞駭責問法師，人家陰森邪笑地回答：

「這是臨急應變，因爲妳的公公只能說出事由，其他天機不可洩露，一切由天理定奪。但是我發現妳的夫妻宮陰霾，需要天狗吠月，剛好我是肖狗，又練有眞陽之氣。」

於回家車程，碧珠猶忌下體的黏膩，爲了挽回先生的心，她連最寶貴的貞節也犧牲了。

迷局有了破解之道，周家透過獄帝廟的紅頭司公，嘗試以通靈方式直接與月雲的冤魂和解；無奈，情仇似磐石般，毫無妥協餘地。周家只好藉神明力量，以正克邪。

午夜，市囂闌珊，人跡方靜，茶行的鄰舍緊閉門窗，又用掃帚抵住大門，以避邪煞。周家恭請佛祖、三清界坐鎮，道班鳴鑼打鼓，乩童展開「做獅」的序幕。霹啪炭火，戮穿黑夜沈寂，古老傳說因乩童作法而冠冕，凝思是錯結的情網，啁啾愛恨的絕唱！五方旗、七星劍凌厲急令，玉石俱焚纏鬥的頑強，幽幽大道輪迴啊！

笑伯拉緊清泉的小兒子，惴慄地侷促一旁，看那道士跳響，一次又一次的悸動，他彷佛望見月雲的魂魄在烈火中，依然持著閻王令而狂笑！

揉捻

高雄的豪華住宅登記給情婦，是浪蕩子的愛情獻禮；時髦的阿鳳進出以一部拉風的跑車代步，每天有忙不完的應酬，談不盡的生意。清泉白天落漠地看店，晚上孤獨地在房裡守著電視，日子不再歡澤；這貌合神離的假象，只是男方的一廂情願，女方的虛應故事。

清泉甚至渴望有個愛情結晶，也許更能攀住女人的心！但是城府深沈的阿鳳，遠瞻的野心，絕不是井底之蛙的清泉所能拴制。她以美色肉體爲武器，助己早日邁入女強人的成功之路。

阿鳳的安排下，昔日的老闆、現今的生意伙伴，由港臺來往而長期滯留高雄，人也堂堂入室了。清泉每天望著他倆相偕進出，如恩愛的小倆口！更令清泉坐立難安的是，阿鳳時常一襲撩人的睡衣，周旋於兩位男人之間，更與清泉的情敵以廣東話打情罵俏著。

偶爾清泉陷入低潮鬧情緒時，在床上，阿鳳適時的熱情，又令他恢復信心，但是日久見了人心！

八月天的港都，躲在冷氣房的清泉，仍覺得躁悶。兩位大姐意外的來訪，同時對銀樓規模的簡陋深感驚訝？清泉把店務交給唯一的女店員，帶著親人來到住的地方。

他鄉見親人的激動，彼此唏噓不已，大姐娓娓傳達孩子的品學兼優，且思念老爸的天倫，令清泉感動。又訴苦茶行的困境，質疑銀樓如此寒酸，那麼龐大資金的流向？暮鼓晨鐘令清泉無言癱瘓在沙發上，悔恨長期的昏庸，該是黎明的時候。

在大姐的勸說，起了孺慕之心的清泉，決定返回臺南小住幾天。留下字條給阿鳳，心想：「試探自己的分量有多重？」臨行前，大姐們卻在房門燒祭符令，清泉因而不悅，認爲仙拚仙，會害死猴齊天！

人是回來臺南，心還是在高雄，決意考驗這段情債的清泉執意不再主動打電話給阿鳳。他有信心，再沒多久，阿鳳就會頻來電：「阿泉啊！趕快回來吧，沒有你，生活會失去依靠！」但一天一天的落空，令他等得心寒，熬得心驚。

碧珠每天清早就買回生猛海鮮，三餐豐饒補償夫婿在外的消瘦，而姐夫們也刻意宴請清泉，孩子更是熱烈纏住久別的父親，豐沛的親情暫時疏解清泉的恍惚。周家慶幸「做獅」的法術，已收到鎮邪收妖之效，下步棋，準備到高雄與狐狸精清算投資的帳目。

清泉眼看茶行的資金短絀，茶農已不再是吳下阿蒙了，加上同行多競爭，龍泉老字號已搖搖欲墜。而頂給姐夫的分店，生意好得令他跺腳，後悔投資於黃金的無底洞，盈虧都操縱在阿鳳的良心上。況且黑市買賣，是違法，無法光明正大經營，隨時如臨深淵！前些日子，阿鳳又把房子抵押出去，握有鉅額現款，他一毛也沾不上邊，越想心越急！

爲了搏取浪子回頭的歡心，碧珠在床上，使出渾身的本領，卻使清泉更懷念阿鳳的色相。

飲食男女，就像味素放多放少的默契，阿鳳於性海的航行：「驚起、婉約，聒噪、殺伐，屏息、寂靜，至臻至美！」此時，清泉發出戀母情結的吶喊。

而碧珠的修行，只是生兒育女的禮讚，恆律梳著記憶的髮髻。至今，碧珠仍僞贋、拘謹、含蓄：「阿泉！床已舖好，我來搥背……」然而，這樣？算了！半夜，清泉暗自嘆息。

眞利

一個月牽掛的日子度過了，清泉懷疑自己有多少能耐？那個賤女人的聲音，如離終的深海魚啁，他於記憶中掙扎追尋著！

這天，心煩的清泉開著私家車漫無目的窮繞市區，一次再次的阻止自己，最後仍開住高雄。

走入已陌生的門廊，清泉取出鑰匙，心想給她個意外，發抖地扭動門栓，期待迎面的笑容及嬌軟的嗲氣。但是滿屋散佚零亂，令他毛骨悚然！莫非遭了小偷？而急急打開衣櫃，他的衣服安然沈重，而阿鳳那邊卻已空曠絕然！清泉顫抖抓起電話，又已斷線了，他眼眥迸出火光，大地在旋轉、沸騰。

飛車趕到銀樓的店面，冷瑟鐵門已拉下，外貼刺眼的吉屋招租，這是不可能吧！清泉極力自我安慰，但是應聲而出的房東太太，茫然告訴他：

「周先生，你太太說要搬回香港，結束這裡的業務，你不知道嗎？」

冷峻關門聲，是來自地底母親棺材的迸裂！清泉的嘴唇咬出血滴，周家上代累積的財富，只剩空殼的老店，狐狸精吃飽後，跑掉了！

清泉失神、病倒。

後悔引狼入室的碧珠，在大姑們陪伴下，來到阿鳳娘家新買的房子，雖然沒有實質證據，仍細說屋內的一磚一瓦，都取自周家的血淚。強橫要追出阿鳳的行踪，兩家親戚，拉下臉吵個沒有結果的罵戰，追溯祖宗八代都絕交了。

周家出嫁的女兒仍有彪悍母親的遺傳，恣肆罵翻整條街，於衆人圍觀，在房子大門，撒下鹽米，惡毒詛咒這狐狸精老巢是絕地。

老天一場雷雨，滂沱淚水淋熄碧珠憤懣的火焰，她確信，錢財再努力就有。可貴的，她又拾回女人一生幸福的保障——先生的全心。

有天清晨，碧珠進入三樓的古董室，探望早起的清泉，卻發現夫婿斜靠在鴉片床旁，臉色青冷，左手握執七星劍，地上一大灘血水！她淒絕呼喊，已遲了一步，清泉持著狀紙，由牛頭馬面接引，越過奈何橋。

清泉的骨灰，被安置在竹溪寺的功德堂，做了頭旬的前後，古都發生數起神像被斷頭的大新聞，是街頭巷尾最熱門的話題，膽敢觸犯神威的狂漢，詭異作案的身手，令廟祝漏氣、警員的臉上無光。

從此，神明被信徒關進鐵籠裡，晚上還上鎖。

即日起，笑伯不再早出晚歸！

桃花夾竹
當她面對學術性的愛情攻勢，
就獻出意識形態的第一次。

在
他新婚的門宅
貼著對聯
桃花灼紅綻春色
男
歡
女
愛
青竹順風探情意

❀

結束環島的蜜月旅行，小唐的感受，是吃膩葷腥，投緣一盅清茶、一碟點心之爽口。

在這功利社會，小唐混出專科的學歷，服完兵役後，任職於一家化工原料的進口商；任勞任怨了三年，一心早日出人頭地，剛摸出生意的竅門，馬上寧爲鷄首、不爲牛後。

他的人生哲學，凡事先考慮己身的利益；所以，做起買賣，六親不認；打起麻將，不擇手段；玩起女人，更是唯利是圖。朋友間，只存商業上的交情；家族中，僅餘金錢之外的親情。

平時，小唐菸不離嘴，笑口且常開，才三十出頭，頭微禿，不高身子，帶個球走！這位獵艷的高手、調頭寸的專家，乍看已是老氣橫秋。

❀

小公司設於大樓裡的小套房，租上一年，卻只付上半年的房租；一隻電話，二位職員，女的叫阿貴，夜間部的大學生，家住南部的鄉下，剛來，一身土味；現在，渾身洋騷。男的才十八歲，是一表三千里的遠親，只負責送貨，其他的收帳、拜訪客戶，皆由小唐一手包辦，安全又保險。

一早，小唐踏進公司，阿貴卻吝嗇道個喜，劈頭就嘮叨；因爲，幾天來獨撐大局的阿貴，上班就忙著說謊，因而影響她下班後錯結的雙重人格。小唐忍氣賠笑著，他心裡有數，十天的婚假，神鬼都不知，客戶的瑣事，只忙於月頭月尾，倒是眾多女友的來電找人，才是一寸山河一寸血。

照例，小唐要向幫兇賄賂，美名的是照顧出外人的營養費，所以底薪另加外快，每月萬把元的進帳，阿貴逞口舌之福，從開國至元老，忠心耿耿守著電話、護著老闆。

小唐瞭解情勢後，心想：「該去安撫民心！」臨走前，阿貴再三叮嚀他，大後天是支票日。在電梯口，表兄弟彼此心照不宣錯身而過。還是老闆向夥計說聲：「眞早呢?!」

❁

臺北早上的交通，使小唐在計程車內，更有時間養精蓄銳。在巷口下車，小唐大步邁進親親公寓裡，把守這幢溫柔鄉的奧巴桑，正低頭上妝，耳尖地仰起五官不全的臉。小唐怕纏，趕緊孝敬她一包三五菸，喚來虛情的乾笑，招牌的喋喋不休就到此爲止。

門反鎖了，小唐徒具鑰匙，猛按電鈴後，房內才有懶懨的聲息；不久，門咿啞打開，重重窗簾把晨光錯失爲黃昏的幽冥，蒼白的安妮，似夜晚的向日葵，凝滯眼神，瞧見小唐時，如殭屍吸取日月精華，亢奮地甦醒。

當年，安妮輟學由中部北上，起初在電子公司上班，薄薪無法挽救因票據法入牢的父親，就像衆多的社會檔案，不久，認命淪落風塵。只是安妮每逢初一、十五，從不間斷到恩主公廟燒香，祈求苦命女總有飛上枝頭的一天。

在舞廳上了三年的班，安妮賣藝也賣身，但省吃儉用，替父親贖身出來，且安妥家人的生活，就急流勇退洗盡鉛華，又回到原本守己的作業員。後來參加一次登山活動，認識了從來不爬山的小唐。

喜愛文藝的安妮，被小唐刻意的佈局而著迷，到臺大校園散步，聽民歌演唱會，花前月影下，浪漫的戀情彷彿排演瓊瑤的小說；面對這學術性的愛情攻勢，連小唐的身分都尚未摸清的安妮，就獻出意識形態的第一次。

小兩口，恩愛同居，生活變成男人是獻身，而女人要獻金。不久，安妮又開始背馱死會的壓力，爲了濟助良人的生意周轉金，不得已又重披戰袍；日子無聲無息的消逝，安妮心領著小唐開出「耐心等著遠在美國的雙親同意，就帶妳到洛杉磯定居。」這張遠期支票。

激情後，小唐平躺、調勻氣息，點菸故作冥思，佯裝虛與委蛇安妮的話匣子。

不被重視的女人，當然心急，追問下，小唐如是說：「此趟日本之行，生意頗有嶄獲，只欠東風！」安妮深沈一會，踟躕起身，打開衣櫃，探頭深入藏私的禁地，小唐見狀，信心十足去浴室沖洗了。

片刻，安妮進來替小唐擦背，平靜語氣：

「我可以調十萬，二分，開票來。」

小唐促狹地向安妮塗抹皀沫，溫習這熟透的曲線，曖昧的說：

「利息行情價！又要向林董那位老頭調嗎？」

安妮頓時板起臉孔，說：

「我跟定你，就不再與客人囉嗦，不怕你知道呀！是我的私房錢，以後結了婚，這些錢還不是全歸你做生意本，拿利息……」

小唐趁機打岔：

「那又何必開票？」

一下被擊中要害的安妮，情急轉移話題：

「晚上回來睡覺嗎？」

得理不饒人的小唐，卻有點心虛，氣焰又緩和下來：

「去日本之前，不是已提過了嗎？阿公回國養病，我必須隨侍左右。」

安妮仍有所期待的訴願：

「什麼時候，我才能去探望他老人家？」

小唐浮出輕視的笑意，提高聲調：

「阿公一向主張門戶相對，未來的孫媳婦，要身家調查……」

安妮敏感地內斂，緘默拿起浴巾，自憐的擦淨這已殘缺軀體。

小唐走到化妝臺，習慣地換掉內衣褲，穿上西裝，開始梳理一番；婚姻名實的壓力，使他感覺到，與安妮遙遙無期的同居，已是樊籠的累贅。

臨行前，小唐老生常談的戲謔：

「晚上去捧恰（註：跳舞），只能賣藝……」

自尊心受損的安妮，怒氣直衝而來，揑緊小唐的褲襠，喊著：

「你的子孫袋，不能亂作怪，否則我就不饒你。」

狼狽的小唐，忍痛奪門而逃，還不忘直說：

「明天早上，我來拿錢！」

❀

奧巴桑從總機的座位閃出，攔住下樓疾行的小唐，低聲的說：

「你的相好，前幾天特地下樓問我，爲何小倩突然搬家？」

小唐緊張的反問：

「妳怎麼說？」

「我當然是莫宰羊啦，但是小倩住在安妮的對面，又是三缺一的牌友，平時很有話講，所以靜靜搬走，難怪安妮生疑問，你查玻人（註：男人）！眞是沒良心……」

小唐趕緊抽出一張大鈔，在手心搓成紙團，默契地往奧巴桑的衣縫一塞，嘻皮笑臉的說：「拜託妳口下留情，其實我與小倩只是普通朋友……」

雖已得到好處的奧巴桑，基於吃早齋的行善清高，仍說教：

「你啊！身體得顧，道德愛修，不要吃了軟腳，夭壽喔！」

離開公寓後的小唐，一路咒罵著，都是小倩不堪寂寞，在電話中向他訴衷情，而被奧巴桑在總機竊聽了，常使他破財消災。

與小倩的深交，是三個月前的事。這幢公寓，全住上過夜生活的姐妹淘，平時互爲牌友、串門，話題一開，更是無所不談，爭風吃醋則家常，面子的拚鬥，尤爲激烈。比名錶、鑽戒，比衣著、身價，比男友在床上的能耐；安妮曾吐露出：「小唐有一夜四次的紀錄！」而引起這窩母鷄的騷動，也引起小倩的好奇。

有次，安妮回臺中省親，獨守空房的小唐，就探訪方下班、頗有醉意的小倩房間閒聊；兩者喝掉兩瓶紹興，話也說完，就上床，小倩體驗到小唐名不虛傳的功夫。

小倩的外表，什麼都小，只有年紀及胸部不小，未達二十歲就出道，在六條通專做日本人的酒吧上班。肉體及心靈已飽受人世的斲傷，總虛情向愛她的男人、搾取金錢後，再轉贈給只愛她金錢的男人。故事一再重演，割腕、吃安眠藥的死諫，身體弄壞了，負心人還是絕情。

柔弱而堅強，絕望再重生，如今、小倩的日子，過得心平氣和，只是潛伏著報復性的佔有慾，當嘗足小唐的本領後，就興起橫刀奪愛的念頭；毅然搬家，另築香巢，譜出沒有明天的戀曲。

小唐雖惦忌陰影，仍急急尋找公用電話，他心裡又想著另位女人。

開著向朋友借來的進口車，在高速公路奔馳，小唐趕那中午工廠休息時，門口人潮正洶湧，他的豪華轎車，能適時，在嫉妒的嘆聲中，接上素雲！

素雲是中壢工業區外銷工廠的一名助理會計，方上班時，一臉稚氣，衣領的扣子都牽掛了，露出有限的粉頸，像春雨中、鮮嫩的幼筍。

小唐的利嘴，專尋女人的心思轉，有天，到該公司訪友溜躂，透過友人林課長的介紹，驚爲天人，馬上展開行動。

第一次約會，安排至圓山吃西餐；雄偉大門、富麗的大廳，已使素雲舉步蹣跚，心撼不已。餐後，夜遊北投，山下璀璨的燈火，閃爍著少女情竇的歡欣。夜深，小唐扮演個君子，原封不動送她回宿舍了。

接而，小唐突然失去音訊，才嘗到愛汁甜美的素雲，馬上吞下苦澀的縈懷。一個月後，小唐再度出現時，奉上漂亮舶來品，一再致歉，因急事出國一趟；在素雲脈脈的眼神，是遇到溫儒、事業有成的青年才俊，當晚，懵懂中，獻出初吻及激情的愛撫。

打鐵趁熱，約會不斷，以企業家自期的小唐，令素雲愛得全力以赴，興沖沖帶他回竹東的鄉下。小唐的進口車及大包小包的洋貨重禮，在保守客家山莊，轟動了鄉閭；已暈船的素雲，等不及洞房花燭夜，就掉入情慾的性海。

兩年時光，不算長，但是素雲已失掉少女的清純；衣領扣子、打開兩顆，在宿舍換衣服、不再害羞躲至衣櫃後，花俏性感的內褲、與件件時髦的洋裝，繽紛她的情夢。公司同事議論紛紛，說她釣到金龜婿，只有林課長鎖緊眉頭、欲語還休。

鄉下的阿姆，注意到偶爾返鄉的乖女兒，臀部已渾圓、走路外八腳、乳頭變大了，知道女兒的禁地破解了，未來的幸福，要靠男人的良心。

素雲接到小唐的電話後，早上就無心辦公；千盼中，一上車，柔情地依偎在情人懷裡。小唐一手扶緊方向盤，另手順著素雲的小腹，往下滑落，卻摸到一團衛生棉，嬌羞的素雲，忌諱地把唐的手移開，細聲的說：「不行！」

平時，小唐常利用到中壢、桃園出差時，於中午，約出素雲，空著肚子，到旅舍溫存一番。一路上，滿腔慾火的小唐，頓時冰凝沮喪，今午，只好找家餐廳吃飯了！

飯局的話題，素雲老是提出：「什麼時候結婚？鄉下的雙親催緊了！而遠在國外的準公婆，什麼時候能見到？」老調一再重彈，小唐的火氣就來了，見面少番纏綿，愛情馬上褪色，素雲含淚的說：

「你去日本這段時間，人家天天盼著你，高興又見面，你話也不說，光是嘆氣！」

小唐心想，一趟路辛苦跑來，得不到人，那也該得點財吧！換個表情，哭喪臉的說：

「對不起，我心裡煩啊！日本的生意做成了，就少……」

「喔，在郵局，我存些錢，你先拿去用吧。」

「不好意思啦，我開支票，付二分利息給妳。」

「這是什麼話？你把我當外人啊！都是你的人了，還拿什麼支票、利息……」

回臺北途中，小唐摸著口袋裡，素雲所支援的八萬元，內心開始忐忑不安。十天前，他暗地結婚了，老婆又矮又胖，像日本囡囡，脾氣更像西部牛仔；但嫁妝的豐富，及太太娘家在松山的一大片土地，才是婚姻的保障。他有點啼笑皆非，談過N次戀愛，太太卻是媒妁之言；玩過N位女人，新婚之夜，卻緊張自己老婆是否原裝貨。

小唐的丈人，娶了一妻二妾，所以家學淵源的小唐太太，把現金存摺、房地產都歸自己保管；過慣自由生活的小唐，也看得開、想得遠，反正目前的生意，周轉尚沒問題，萬一生意做垮了，這隻金母牛，才是最後的王牌。

❀

小唐還掉車子的同時又打個電話回公司，剛好是阿貴的聊天時間，等了半個時辰，才撥通。得到的派令：房東太太十萬火急在老地方等你！

這位富婆，光靠眾多房租，常使她漫無目的的購物來打發寂寥的歲月。與小唐結緣，開始是收房租的拘謹，逐漸一生二熟了，戲言乾姐弟互稱；有天的大雷雨，她搭上小唐的便車，卻相偕吃晚餐、喝咖啡，興起又去卡拉ＯＫ。

煽情的深夜，她深情凝視小唐大耳大臉的福態，正是亡夫十幾年前最勇猛的長相，她全身的血液，不禁沸騰起來，燃旺她記憶中床笫的火焰。

之後，食髓知味的房東太太，五、六天就來電邀約小唐；而女大男小年紀的差異，去賓館開房間，難敵別人好奇的眼光！而改到房東太太的家裡，但客廳上亡夫的遺照，雙眼似乎露出寒光，總令他倆坐立難安。萬全之計，房東太太從眾多出租的套房，空下一間，專供約會之用，同時小唐公司的房租也免了。

聽到電鈴聲，乾姐迫不及待的開門，見到獵物，吞嚥口水，性急地剝皮，活生生開始狼吞著。每次都這樣，小唐覺得自己像個任受玩弄的應召女。

文武戲唱完了，小唐恨不得趕快逃之夭夭，因爲又得忍受她在鏡子前，刻意校正胸罩裡已鬆垂的雙乳之適當位置，以及對束褲所抖落出層層肥肉的一番擠壓。

也每次都這樣，分別之時，得到滿足的乾姐，慷慨允諾乾弟的要求，今天也不例外：「借出貳拾萬，一分利！」他倆一前一後離開大樓，迎著滿街跳動的燈火，情同陌路、各自消失於青茫的夜色裡。

在夜市的海鮮攤，小唐叫了滿桌大蝦及青蚵，塡實肚子，補充元氣，今天眞是忙碌啊！

打起精神的小唐，來到小倩上班的酒吧，才八點，卻高朋滿座！媽媽桑見到他的來臨，拉下臉半開玩笑的說：

「你一來！今晚XO起碼少開兩瓶，小倩是阿本心目中的楊夫人！」

小唐一語不發，向調酒師比個手勢，就在帳單簽個名，媽媽桑的表情，樂得似夏日的艷陽。一會兒，小倩來到吧臺，如橡皮糖黏住小唐，媽媽桑兩面討好的說：

「小倩，你相好的，給我面子，開瓶XO。」

「喔！媽媽桑妳眞會利用機會，剩下的時間，我自己買下來……」

「是小唐助妳的光彩，月底的獎金，妳還不是又分回去，你那桌的豬木，我來應付，去……去……輸贏趁早！」

坐上計程車，小唐就表明態度：

「今晚不能太久啊！」

「才見面，就限時間！你是大頭家？還是怕安妮罰跪！」

「自從阿公從美國回來，我就不再去安妮那裡過夜。」

「喔！你是孝孫，不是孝男！」

「幹！妳又吃肖（瘋）藥，黑白講話。」

下車時，心花怒放的小倩，給付車資，總是要五毛、給一塊的自卑自大狂。來到小倩新築的香巢，小唐卻扭開電視，逕自坐在沙發上；衣服已褪下的小倩，則納悶的問：

「今暝眞斯文哩！水龍頭被安妮鎖住了嗎？」

「幹！肖查某，見面就一定要……」

「好……好……是我三八，唐伯虎狀元郎請原諒奴家……」

小唐越顯得冷陌，卻更激起小倩的征服狂，當初與他一夜夫妻，本是好奇！但是小唐在床上的能耐以及在床下的墨水修養，非小倩昔日那些黑道混混無學無術的男友可比擬的。

有空，小唐就來酒吧捧場，他酒品好，給小費大方，小倩當然珍惜這拉風的場面；因爲她常被姐妹淘譏諷爲養小白臉的角色。

小倩很清楚本身與安妮相比，外表、青春，她都居下風；但是安妮有個吸血蟲的家累，所以她有足夠的錢，用來收妖仙。小倩打開皮包，拿出一張支票，遞給小唐，得意說著：

「十五萬，已經到期，拿去周轉二個月，寫張借條就好，利息免啦！」

見錢眼開的小唐，才提起勁來，說：

「有這樣好的事！是那位老猴孝敬妳的？」

「卡尊重！老娘現在是守身如玉，錢我有……目前我的身分，是我挑人客，不是人客來挑我。」

「失言！失禮！眞是我的光榮。」

下午，那條老母牛，已令小唐大傷元氣，但他看在錢的分上，勉強從皮包裡，拿出二粒藥丸，配洋酒、灌下肚，心想：「這也是做生意，幹吧！」

❀

離開小倩住處，已近午夜，小唐在計程車裡，猛打哈欠，揮不掉濃濃的睡意，但是思維仍清明，壓軸戲還未唱呢！

小唐是獨子，生下來時，就見不到父親；兩個姐姐早已出嫁了，母親是住家一帶的會仔王，家裡時常門庭若市。小唐幼時的孤獨，成長過程的放任恣肆，促成他玩世不恭的心思；與安妮同居的那段時日，兩、三天才回家一趟，母親也見怪不怪了。

更妙的，小唐於結婚的前夕，仍到安妮那裡夜宿，隔天睡過頭了，而誤了迎娶的吉時；他於忙亂中，向安妮說：「趕飛機去了！」回到家中，新娘已在洞房等候。還是精明的母親，派著大姐守在巷口，攔住他、面授機宜，假裝肚疼去看醫生了。

唐家這代單傳，母親必然抱孫心切，希冀人丁興旺。而媒人是母親的會腳，介紹的媳婦，又有現成的助夫富貴命。小唐心想：「有個當孝子的藉口，良心平安些！」想到未來的日子，爲人夫，將爲人父，如何擺脫安妮及素雲的逼婚，好歹有個結束。又想到安妮的柔狠、素雲的柔弱，弄不好，身敗名裂、鬧出人命！腳底不由得生涼冒汗。

小唐啓開尙有油漆味的大門，囍的紅字仍充斥每個角落，母親在客廳的大桌上，忙她睡前的習題；見到兒子回來，只沈吟一下，又專注她的死會及活會的因果循環。

小唐兩步做一步上樓，新婚太太穿著粉紅色的睡袍，聞聲而出；體貼接過先生的公事包，又憐又怨地細說：「不回來吃晚飯啦！太晚回家啊！」小唐只想趕快躺在床上，好好睡個覺，二、三下，就把衣服脫得只剩一條內褲，剎那！新婚太太臉色慘變，怒髮衝冠，像母夜叉，破口大罵：

「你這死沒良心，才新甕爐新茶壺，你就感情走私！」

被罵得心驚肉跳的小唐，強作鎭定的反駁：

「我在外頭忙了一天，有功無償，還說我去風流？」

新婚太太強扯住小唐的內褲，淚流滿面，憤怒的說：

「你死鴨仔硬嘴皮，看看自己，早上出門時，是穿著白色的ＢＶＤ，你現在卻穿上黑色的賓漢，莫非，你的心肝是黑的！流的汗是濁的！把白布染成黑……」

吹風記事——汪笨湖的小說之路

73年10月 經商失敗，因票據法入獄，在獄中十分苦悶，嘗試寫作。

74年1月 處女作〈吹鼓吹，一吹到草堆〉發表於人間副刊，大受鼓勵，生起文膽。

75年2月 〈烏牛大影〉發表於人間副刊，再度受肯定，決心專情於寫作。

75年3月 好友夏雨軒書信打氣，老友簡上仁金錢助援，遂放手寫出赤裸的情慾。

76年1月 第一本書《落山風》問世。

76年7月 票據法廢除，出獄。

76年9月 第二本書《嬲》出版。

出獄後，無法適應冷絕的社會生活，流浪至日本討生活，更遠走大陸。

76年11月 自大陸返臺，於華航班機上，乍看民生報披露中影決定拍《落山風》的消息，興奮之下，猛對空中小姐傻笑。

76年12月 經由小野推薦，正式與中影公司簽約。「落山風」一部三段式演變爲一部獨立完整及另部二段式的電影。由留美的新銳導演執導。

77年1月 威尼斯國際影展的最佳女主角——韓星姜受延受邀來臺拍「落山風」。

在電影中軋一角，演姜受延的丈夫。第一次參加電影的演出，面對鏡頭還會發抖。但憑空飛來的豔福，卻羨煞文學界的文友。

77年3月 三部電影相繼完成。

落山風：情慾主戲。黃玉珊導演、吳念眞編劇。姜受延、楊慶煌主演。

陰間響馬：人性主戲。何平導演。何平自編。陸小芬、任達華主演。

吹鼓吹：鄉情主戲。李道明導演、張大春編劇。林秀玲、胡鳳生主演。

77年6月 甫獲「全美學生奧斯卡獎」的電影碩士王憲箎，買下「嬲」的電影版權，這部被喻爲「臺灣最禁忌的小說」，期待它拍成「臺灣有始以來最禁忌的電影」。

完成「隔瞑茶，眞利」的電影劇本。

77年12月 出版《第八節課》。

78年6月 預定出版《三字驚》。

78年12月 《吹笛人》的電影版權由卓越雜誌公司購買。

79年1月 《第八節課》修改爲《吹笛人》。

79年9月 中華電視公司決定將「博士的滋味」改編爲晚上六點半檔閩南語連續劇，劇名「草地狀元」。

79年10月 大陸版的「落山風」拍攝完成，在上海舉行試映式。由白沈導演，趙麗宏編劇，宋佳主演全片，在普陀山拍攝，請上海交響樂團配樂。

79年10月 「那根所有權」的電影開拍，由金馬獎影帝陳松勇領銜演出。六福電影公司投資。

79年12月 《汪笨湖小說選》由上海文藝出版社印行，正式在中國大陸發行。

晨星出版社

社址:台中市工業區30路1號　　TEL:(04)3595820
郵撥:0231982-5　　FAX:(04)3595493
http://www.morning-star.com.tw

晨星文學館 01011

01	懷母	李榮春　著	180元
02	流沙之坑	吳錦發　著	200元
03	張愛玲傳	余　斌　著	300元
04	阿罩霧將軍	鍾　喬　著	200元
05	一個叫林阿昭的女人	黃子音　著	180元
06	生之曼陀羅	吳錦發　著	150元
07	三毛傳	陸士清等著	250元
08	烏石帆影	李榮春　箸	220元
09	落山風	汪笨湖　著	200元
10	吹笛人	汪笨湖　箸	180元

※定價如有調整，以該書版權頁為準※

晨星文學館 09

落山風

著者 汪笨湖
文字編輯 江侑蓮
美術編輯 林姿秀

發行人 陳銘民
發行所 晨星出版社
台中市工業區30路1號
TEL:(04)3595820 FAX:(04)3595493
E-mail:morning@tcts.seed.net.tw
郵政劃撥:02319825
行政院新聞局局版台業字第2500號
法律顧問 甘龍強律師
印刷 耀隆印刷廠
初版 中華民國76年1月20日
中華民國87年8月30日 二十二刷

總經銷 知己有限公司
〈台北公司〉台北市羅斯福路二段79號4F之9
TEL:(02)23672044 FAX:(02)23635741
〈台中公司〉台中市工業區30路1號
TEL:(04)3595819 FAX:(04)3595493

定價 200 元
(缺頁或破損的書,請寄回更換)
ISBN 957-583-013-X
Morning Star Publisher Inc.
Printed in Taiwan

國家圖書館出版品預行編目資料

落山風／汪笨湖著.－－初版.－－臺中市：晨
星；民76

面；　公分.－－（晨星文學館；9）

ISBN 957-583-013-X（平裝）

857.63　　　　87006249